여행하는 말들

EKUSOFONI: BOGO NO SOTO E DERU TABI
by Yoko Tawada

ⓒ 2003 by Yoko Tawada
Introduction copyright ⓒ 2018 by Yoko Tawada

First published 2003 by Iwanami Shoten, Publishers, Tokyo.
This Korean edition published 2018
by Dolbegae Publishers, Paju
by arrangement with Iwanami Shoten, Publishers, Tokyo through Eric Yang Agency, Seoul.

여행하는 말들

— 엑소포니, 모어 바깥으로 떠나는 여행

다와다 요코 지음 | 유라주 옮김

2018년 9월 7일 초판 1쇄 발행
2023년 10월 31일 초판 2쇄 발행

펴낸이 한철희 | **펴낸곳** 돌베개 | **등록** 1979년 8월 25일 제406-2003-000018호
주소 (10881) 경기도 파주시 회동길 77-20 (문발동)
전화 (031) 955-5020 | **팩스** (031) 955-5050
홈페이지 www.dolbegae.co.kr | **전자우편** book@dolbegae.co.kr
블로그 blog.naver.com/imdol79 | **트위터** @dolbegae79 | **페이스북** /dolbegae

주간 김수한 | **편집** 김혜영
표지디자인 박연미 | **본문디자인** 이은정·이연경 | **일러스트** 최진영
마케팅 심찬식·고운성·조원형 | **제작·관리** 윤국중·이수민 | **인쇄·제본** 한영문화사

ISBN 978-89-7199-904-2 (03800)

책값은 뒤표지에 있습니다.

이 도서의 국립중앙도서관 출판예정도서목록(CIP)은 서지정보유통지원시스템 홈페이지(http://seoji.nl.go.kr)와
국가자료공동목록시스템(http://www.nl.go.kr/kolisnet)에서 이용하실 수 있습니다.(CIP제어번호: CIP2018026492)

여행하는 말들

エクソフォニー

엑소포니, 모어 바깥으로

떠나는 여행

다와다 요코 지음

유라주 옮김

돌베개

일러두기

1. 이 책은 다와다 요코多和田葉子의 エクソフォニー――母語の外へ出る旅(岩波書店, 2003)를 우리말로 옮긴 것이다.

2. 외국 인명·지명·독음 등은 외래어표기법을 따르되 관용적인 표기와 동떨어진 경우 절충하여 실용적 표기를 따랐다.

3. 옮긴이 주는 괄호 안에 넣고 말미에 "옮긴이 주"라고 표기했다.

4. 신문, 잡지, 영화 등의 제목은〈 〉로, 편명은「 」로, 책 제목은『 』로 묶었다.

5. 책의 내용을 더 효과적으로 적확하게 전달하기 위해서 원문의 일부 부제목과 장 제목을 수정하였다.

『여행하는 말들』エクソフォニー――母語の外へ出る旅(2003)이 한국에서도 출간된다는 소식을 듣고 무척 기뻤다. 일본에서 초판이 나온 지 15년이 지났다. 그동안 나는 세계 각지에서 시를 낭독하고 워크숍을 진행하고 강연을 했다. 미국과 독일에서, 또 일본에서 우수한 한국 유학생도 몇 명 만났다. 그들은 모두 외국어 안으로 대담하게 들어가 이해 가능한 개념과 말의 리듬을 척척 흡수해서 주저하지 않고 호기심을 채우는 듯 보였다.

2016년에는 서울국제작가축제SIWF, Seoul International Writers' Festival 에도 참석했다. 작가를 보조하는 젊은 사람들은 모두 영어가 유창했다. 일본의 젊은이보다 국제 교류에 더 익숙한 듯한 인상을 받았다. 지구화로 나라의 특색이 옅어지진 않았을까 싶었지만, 다른 나라에 없는 독자적 아이디어와 세심한 마음 씀씀이를 느꼈다. 이를테면 외국에서 온 시인은 서울에서 여러 행사가 열리기 전에 우선 제주도로 초대받아 바닷가에서 식사도 하고 숲길도 걷고 여러 이야기를 나누었다. 또 내가 한국 전통악기 연주자와 합동 공연을 하면서 시를 낭독한 것도 귀중한 체험이었다.

일본에서 유학한 적이 있는 한 한국 여성은 말했다. "같은 세대 일본 사람은 외국에 가고 싶어 하지 않아요. 유학 장학생을 모집해도 응모하지 않으니 아까워요. 한국은 절대 그렇지 않거든요." 지금 일본의 대학생들이 유학도 가지 않으려고 하고 외국 여행에도 그다지 관심이 없다는 이야기는 나도 종종 들은 바 있다.

나는 사람들이 외국어 수업을 들었으면 하는 바람에서 이 책에 '엑소포니'exophony란 말을 쓰지 않았다. 모어에서 한 발짝 떨어져 외국어를 통해 자기를 다시 발견하고 인간관계를 다시 생각하고 세계사를 다시 이해했으면 하는 바람에서 이 책을 썼다. 이것은 아주 큰 정신적 모험이다. 지금까지 옳다고 믿었던 것이 흔들리는 일은 반드시 유쾌한 경험은 아니다. 하지만 그 불안과 불쾌함은 결국에는 밝은 해방감으로 변모할 것이다.

다른 문화에 직접 부딪치고 싶은 의욕이 일본에서 점점 약해진다니 굉장히 유감이다. 되도록 상처받는 일 없이 자기 인생관과 인간관이 위협받지 않은 채 평온한 생활을 하고 싶어 하는 사람이 많다. 또 영어만 할 줄 알면 다른 외국어는 필요 없다고 생각하는 사람도 많아져서 유감이다. 젊은 사람들이 나빠서 그런 게 아니다. 그것은 고등학교 교육 과정에서 제2외국어, 제3외국어를 없애버린 교육 정책에 책임이 있지 않나 생각한다.

내 경우에 시야를 넓혀준 외국어는 독일어였다. 독일어를 할 줄 알면 독일 사람뿐 아니라 독일에 사는 동유럽, 중동 작가들과도 이야기할 수 있다. 또 프랑스, 이탈리아, 미국에도 소중한 친구 몇 명이 사는데 그들과 대화하거나 이메일을 주고받을 때도 독일어를 쓴다. 그들 대부분은 영어를 할 줄 알지만 독일어 문학과 독일어권에서 보낸 시간이 우정의 기반이 됐기 때문에 영어를 쓰는 일은 없다. 다시 말해 제각각 다른 언어가 하나의 독특한 의사소통을 가능케 했다.

영어를 쓰면 독일어를 쓸 때보다 더 많은 사람과 말할 수 있다고 주장하는 사람이 있을지도 모르겠다. 하지만 영어로 대화할 수 있는 상대방은 세계에서 특정한 나라의 특정한 계층에 한한다. 또 영어로 번역한 문학도 문학 전체의 극히 일부분에 지나지 않으므로 영어를 안다고 해도 세계의 우수한 문학을 다 읽지는 못한다. 이 사람만 존재하면 다른 사람은 세상에 존재하지 않아도 된다는 완벽한 사람이 없는 것과 마찬가지다. 언어도 각각의 역사와 특성이 있는 다수의 언어가 공존하는 데 의미가 있다. 누구도 모든 언어를 습득할 수 없고 전체를 내려다볼 수 있는 위치에 서 있을 수도 없으나 언어는 전부 어딘가에서 이어지기에 사람은 한두 언어만 습득해도 세계의 전체 언어가 만들어내는 커다란 망과 연결될 수 있다고 생각한다.

한국은 일찍이 독일문학자가 가장 많은 나라라고 불렸다. 지금은 그 수가 줄었지만 아직 독일문학이 갖는 의미는 사라지지 않았다. 예를 들면 한반도의 중요한 주제인 분단과 통일에 대해서 독일은 가장 많은 것을 말해줄 수 있다. 동독과 서독에서는 가족과 친척이 긴 시간 동안 떨어져 살았고 가끔 만날 뿐이거나 아예 전화 연결이 되지 않았다. 전혀 다른 두 사회 체제에서 새로운 세대가 태어났고, 서로 교류하지 않은 채 다른 세계관을 가진 두 문화가 성립했다. 그러다가 어느 날 갑자기 한 나라가 됐다.

통일 후 독일은 EU 안에서 경제적으로 또 정치적으로 점점 힘을 길렀다. 그래서 서독에 살았던 사람들 대부분은 통일해서 다행이라고 생각한다. 가끔 설문조사를 하면 오히려 사회주의였던 과거 동독의 옛날 세대가 '옛날이 좋았다'라고 많이들 생각한다. 언론 통제가 있던 동독의 그 힘든 시절이 좋았다니 믿을 수 없다고 의아해하는 사람도 많겠지만 옛날에 동독에 살았던 사람들은 이데올로기를 강요받았다는 의식이 그다지 없을 수도 있다. 혹은 그런 의식이 있고 불만이 있다고 해도, 통일 후에 실직을 하거나 아이가 성인이 되어서 서독으로 이사를 가버리고 소비를 너무 많이 해서 빚이 쌓이는 등 구체적으로 힘든 일이 더 크게 다가왔을 수도 있다.

동독에서 온 내 세대의 독일 작가는 꽤 많다. 몇몇 작품은 한국어로도 번역이 됐다. 그 세대는 독일 통일 후 새로운 체제에 적응하지 못할 정도로 나이가 든 것은 아니지만 과거를 아주 모를 정도로 어리지도 않다. 그래서 전혀 다른 두 사회 체제를 관찰하고 비교하고 분석할 수 있는 위치일 수 있었다. 다른 나라에 이주한 듯한 체험을 하면서도, 다른 이주자 작가와 달리 독일어가 공통 모어라는 특수한 위치라는 점이 그들 문학에서 재미있는 점이다. 독일어에서 독일어로 옮겨갔으니 엑소포니는 아니라고 말할 수도 있으나 같은 독일어여도 사회 체제에 따라 어휘와 말의 쓰임새가 다른 경우가 있으니 엑소포니일 수도 있다.

한국과 북한이 한 나라가 된다면 그 후 10년 동안 쓰일 문학은 전 세계 독서인에게 매우 흥미진진한 문학이 될 것이다.

일본에서 젊은 사람들이 외국어에 대한 관심을 잃어간다고 앞에 썼는데, 일설에 따르면 독일어와 러시아어를 공부하는 사람이 줄었을 뿐 한국어와 중국어를 공부하는 사람은 늘었다고 한다. 이는 일본에 나쁘지 않은 일이다. 물론 먼 문화의 언어를 공부하면 인식의 폭을 넓힐 수 있으므로 개인적으로는 먼 유럽어도 공부했으면 하고 바라지만 현재 아시아 언어도 점점 중요해지는 것이 사실이다. 지금 세계를 위협하는 위기인 대리전의 재발을 막기 위해서는 아시아 내부에서 영어가 개입하지 않는 대화를 나눌 필요가 있다. 대리전이란 냉전의 한 형태로, 원래는 미국과 러시아의 전쟁인데 실제로는 베트남, 한국, 아프가니스탄 등 아시아 각지에서 전쟁이 일어나는 것을 말한다. 전쟁을 하면 돈이 되므로 전쟁을 반드시 일으키고 싶어 하는 정치인이 거대 국가에는 있는데, 자기 나라에서는 하고 싶지 않기 때문에 다른 나라에서 전쟁을 하는 것이다. 이것을 피하기 위해서는 아시아에서 절대로 전쟁을 하면 안 되고, 모든 문제를 대화로 해결하겠다는 강한 의지가 필요하다. 언어는 원래 전쟁을 피할 수 있을 만큼 막강한 힘을 지니고 있다.

예를 들면 일본에도 동아시아 역사를 일본 입맛대로 왜곡하고 해석하는 정치인이 있다. 또 그런 의견을 그대로 받아들여 동조하는 사람들도 있다. 그래서 일본인은 모어 바깥으로 나가 일본어 외의 언어로 쓴 역사책과 신문 기사를 읽을 필요가 있다. 그것이 엑소포니다.

중요한 것은 세계 각지 각 계층의 사람이 대화를 하는

것이다. '대화'는 '나는 나, 당신은 당신'처럼 서로 성채를 지
킨 채 상대의 말을 참고 듣는 것이 아니다. 거기서는 이야기
가 평행 상태로 진행될 뿐이고 아무리 이야기를 나누어도
접점이 생기지 않는다. 상대방의 입장이 되어서 생각해보
는 것이 중요하다. 상대방과 나의 입장을 몇 번이고 오가다
보면 점차 전체 상이 보인다. 다시 말해 엑소포니는 어떤 언
어에서 다른 언어로 한번 이동하고 끝나는 운동이 아니라
끊임없이 이동할 수 있는 날개를 가진 정신을 뜻한다.

들어가며

말을 중심으로 세계는 언제나 움직인다. 태평양을 떠도는
물고기의 움직임을 파악할 수 없듯 세계가 도는 전체 움직
임을 파악하기란 불가능하다. 처음엔 '이주자 문학', '초월',
'크레올', '마이너리티', '번역' 같은 핵심어로 그물을 쳐 물고
기 떼를 잡으려고 해봤다. 어쩐지 잘되지 않았다. 그래서 이
번엔 내가 물고기가 되어 여러 바다를 헤엄치며 돌아보았
다. 그랬더니 쓰고 싶은 것을 잡아낼 수 있었다. 언제나 여
행을 하는 내 생활과 어울리는 글쓰기다. 직접 헤엄치는 글
쓰기로, 원래는 추상명사가 자리했던 곳을 도시 이름이 채
우게 됐다. 나도 물고기니까, 물고기처럼 바다를 헤엄쳐 다
니며 여기저기의 언어 상황을 구체적으로 비늘로 감지하는
것이 가장 좋다. 그 감촉을 내가 지금껏 읽은 것과 생각한
것, 다른 사람에게서 들은 이야기와 견주며 이 책을 써 나가
기로 했다.

차례

1부   **말들이 움직이는 도시**

2부   말들의 생활(독일편)

용어 일러두기

1. 엑소포니(exophony) 모어 바깥으로 나간 상태 일반, 또는 모어가 아닌 언어로 쓴 문학.

2. 모어(native language) 태어나서 처음 익힌 말. 모국어(mother tongue) 또는 제1언어(first language)라고도 한다. 독일어로는 Muttersprache라고 한다. 다만 학문적으로 엄밀하게 구분하기 위해 다나카 가쓰히코 같은 사회언어학자는 모어와 달리 모국어는 국민으로 태어난 나라의 국어라고 정의한다. 인문학자 서경식은 재일조선인에게는 일본어가 모어이고 조선어가 모국어에 해당한다며 소수자는 모어와 모국어가 불일치할 때가 많다고 말한다. 옮긴이는 위의 학문적 논의에 동의하는 차원에서 이 책에서 '모어'라는 용어를 사용했다.

3. 이주자 문학(migrant literature) 이민문학으로도 불린다. 특히 독일에서 이민문학이란 장르는 독일 이주자가 쓴 문학을 가리키며 다수를 차지하는 터키계 이민문학 외에 러시아, 폴란드, 루마니아 등 동유럽계 이민문학이 있다. 주로 정체성, 탈식민, 상호문화성, 혼종성 등이 문학의 주제가 된다.

4. 이중언어자(bilingual) 둘 이상의 언어를 일상에서 사용하는 언어적 상황을 이중언어 사용(bilingualism)이라고 하며 그러한 화자를 이중언어자 또는 이중언어 화자라고 한다. 조선어와 중국어를 사용하는 재중동포와 한국의 화교를 예로 들 수 있다.

5. 다언어 사회(multilingual society) 공용어가 복수인 사회를 말하며 단일언어 사회(monolingual society)와 대립된다.

1부

말들이

움직이는 도시

다카르
모어 바깥에, 외국어

2002년 11월, 세네갈 다카르에서 열린 심포지엄에 참가했
나. 세네갈 독일문화원과 베를린 문학연구센터 주최로 독
일 작가와 학자, 세네갈 작가가 대화를 나누는 자리였다. 나
도 독일에서 창작하는 작가로서 초대를 받았다.

  이번 심포지엄을 기획한 연구자에게서 '엑소포니 작가'
라는 말을 처음 들었다. 지금까지 '이주자 문학'이나 '크레올
문학' 같은 말은 자주 들었는데, '엑소포니'exophony는 넓은 뜻
으로 모어母語(태어나서 처음 익힌 말. 모국어 또는 제1언어라고도 한다.
_옮긴이 주) 바깥으로 나간 상태 일반을 가리킨다고 한다. 외
국어로 글을 쓰는 사람은 이주자에 한하지 않으며 그 언어
가 반드시 크레올créole(공통의 언어가 없는 두 집단 사이에서 의사소
통을 위해 생겨난 통용어, 통용어에는 크게 유럽어와 토착어가 결합한
피진, 그리고 피진이 약 두 세대를 거쳐 모어로 정착한 크레올이 있다. _옮
긴이 주)이지도 않다. 세계는 더 복잡하다. 그때 다카르에 왔
던 독일어권 작가들을 봐도 그 복잡함을 알 수 있다. 그리
스에서 독일로 온 작가나 나는 독일로 이주한 사람이므로

넓은 뜻에서 '이주자'라고 할 수 있지만 마야 하데라프^{Maja} Haderlap는 오스트리아에서 태어나고 자란 슬로베니아 사람이고 이주자가 아니다. 그래도 어린 시절은 대부분 슬로베니아어만 들으며 지냈다고 한다. 현재 오스트리아에는 없지만 40년 전에는 아직 오스트리아 내에 소수자만의 언어 공간이 있었던 것이다. 부모는 모두 독일어를 말할 수 있었지만 항상 슬로베니아어를 말하는 할머니와 함께 시간을 보냈던 하데라프는 '모어'가 '조모어'였다고 말한다.

스위스 작가 후고 로처^{Hugo Loetscher}는 네 개 언어를 공용어로 정한 스위스의 언어 정책에 대해, 그리고 스위스 입말과 표준 독일어가 많이 다르다는 것이 스위스문학에 어떤 의미가 있는지에 대해 이야기했다. 이주나 언어 접촉과 상관없이 모어 바깥에 있는 상황은 세계에 얼마든지 있다.

과거 프랑스 식민지였던 세네갈은 바로 얼마 전까지 책이라면 프랑스어로 쓰는 것이 보통이었다. 세네갈 작가는 자기가 태어나고 자란 땅에서 계속 살면서 외국어로 글을 쓰는 셈이 된다. 구전문학은 물론 토착어이지만, 글로 쓴 문학도 점점 중요해지자 프랑스어를 사용해야 했다. 하지만 세네갈 작가가 글로 쓰는 프랑스어는 피진^{pidgin}이나 크레올이 아니다. 내가 세네갈 작가가 쓰는 프랑스어의 특징을 질문하려고 하자 베를린에서 온 젊은 연구자가 말했다. "그 질문은 안 좋아해요. 대부분의 작가가 '모범적' 프랑스어를 쓰고 있어서 '참 서아프리카다운 프랑스어네요'라고 칭찬 듣는 걸 꺼려하지요." 그런가 하고 나는 놀랐다. 조금이라도 문법과 다른 말은 전부 '노예'의 말, 또는 지금이라면 '노동자'의 말이라고 믿는 사람이 많으므로, 아마도 오해를 피하기 위해서 '이것은 모범적 프랑스어다'라고 강조하는 것일 테다. 그러나 그들도 교양이 있고, 바로 복수의 문화 속에 살고 있기 때문에 프랑스에는 없는 프랑스어가 생길 수 있지 않을까. 그것은 피진도 아니고 크레올도 아니며 예술가 개인의 작품인 돌연변이 언어다.

바로 얼마 전까지 세네갈에서는 학교에서 읽기와 쓰기를 배우는 것이 곧 프랑스어를 배우는 것이었다. 월로프어 같은 토착어는 오랫동안 문자가 없었다. 내가 "프랑스어는 못 해요"라고 말하면 세네갈에서는 다들 의아해했다. 이 세상에 프랑스어를 모르는 작가도 존재하느냐는 놀라움이었던 것 같다. 프랑스어를 못 하는 건 대체로 읽고 쓰기를 못 하는 것과 같으니까.

그런데 '글말'은 곧 '프랑스어'라는 이미지가 정착한 세네갈에서 몇 년 전부터 월로프어로 쓴 소설이 출판되기 시작했다. 팔리지 않을 것이라는 주변의 예상을 뒤엎고 독자가 확연히 늘고 있다는 어떤 편집자의 발표가 있었다.

　유쾌한 일은 영어로 소설을 쓰는 세네갈 작가가 등장한 것이다. 고르기 디엥Gorgui Dieng이란 작가가 쓴『어둠 속에서 뛰어오르다』A Leap Out of the Dark(2002)에 대한 발표가 있었다. 영어를 국제어라고 믿는 사람이 있을 수 있는데 세네갈에서 영어는 단순히 하나의 유럽어일 뿐이고 국제어는 프랑스어다. 프랑스어를 모르는 나는 다카르를 떠나 생루이 섬을 여행할 때에도 호텔 접수처에서나 자동차 운전사와 영어로 말할 수가 없어 프랑스어가 유창한 독일 사람과 같이 다녔다. 아무튼 세네갈 사람은 영어로 소설을 쓸 이유가 없다. 하지만 강제로 프랑스어로 글을 써야 했던 과거 역사에 항의하기 위해 모어로 돌아오지 않고 개인 선택의 자유를 최대한 이용해 다른 언어를 선택하다니, 상쾌하기도 하다. 뿌리를 찾지 않고 더 먼 다른 세계로 날아오르는 독립운동은 조금 재미있다.

　물론 영어로 쓰면 독자가 늘어날지 모른다는 계산도 있을 것이다. 거기서 개인 선택의 자유라는 향기를 강하게 느낄 수는 없다. 하지만 '더 많은 사람이 읽는 것이 목적이라면 이제 그만 프랑스어는 잊어버리고 영어로 바꿔야 하지 않을까?' 하는 물음을 세네갈 사회에 던지기도 하니 문제 제기는 된다.

　엑소포니란 말은 신선하고 하나의 교향곡 같아 마음에

든다. 이 세계에는 여러 가지 음악이 울리고 있다. 자기가 있는, 모어가 들리는 곳에서 벗어나 밖으로 나가면 어떤 음악이 들릴까. 그것은 모험이다. 엑소포니는 '외국인 문학'이나 '이주자 문학' 등의 발상과 닮은 듯하지만 어쩌면 정반대일 수도 있다. '외국에서 온 사람이 우리 언어로 글을 쓴다'라는 시점이 '외국인 문학'과 '이주자 문학'이란 말에 드러나 있다면, '나를 속박한 모어 바깥으로 어떻게 나가지? 또 나가면 어떻게 되지?'는 창작욕과 호기심으로 가득한 모험적 발상이다. 나는 '엑소포니 문학'을 그렇게 해석한다. 모어가 아닌 언어로 글을 쓰게 된 계기가 설령 식민지 지배와 망명에 있다고 해도 그 결과로 재미있는 문학이 생긴다면 자발적으로 '바깥에' 나간 문학과 구별할 필요는 없지 않을까. 최근 10년간 독일에서 활동하는 망명 작가들과 이야기하면서 나는 그런 생각을 했다. 자기가 살던 나라에서 떠나야 했던 것은 비극이지만 그로 인해 새로운 언어와 만난 것은 비극이 아니라고 말하는 사람이 많다.

　과거 식민지도 이와 닮은 데가 있다고 생각한다. 식민지 지배는 티끌만큼도 정당화할 수 없지만 '넘어져도 그냥 일어나지 않는다'라는 당찬 태도로, 넘어졌을 때 붙잡은 프랑스어라는 진흙으로 작품을 만들어도 좋지 않을까. 더구나 심포지엄 기획자의 말에 의하면 모든 창작 언어는 "골라잡은 것"이다. 운명의 장난으로 다른 곳의 언어를 써야 했던 작가만 예외적으로 언어를 선택하는 사람은 아니다. 한 가지 언어만 아는 작가도 창작 언어를 어떤 형태로든 "골라잡지" 않으면 문학을 할 수 없다. 엑소포니 현상은 모어 바깥으로 나가지 않은 '보통' 문학에도 왜 그 언어를 골라잡았느냐는, 이제껏 묻지 않았던 물음을 던진다.

다카르 심포지엄에서 몇 번인가 뜨거운 논쟁이 오갔다. 30년 전에 다카르에 정착한 프랑스문학 연구자가 있었다. 어머니가 아이를 보살피는 것처럼 세네갈 작가를 아끼고 원조하는 여성이었다. 호의로 하는 말인 건 알지만 "그래도 당신들은 프랑스어를 망치지 않도록 조심해서 글을 써야지요. 안 그러면 역시 저건 아프리카인이 쓰는 프랑스어(이 말에 해당하는 차별어가 있다)라고 무시당할 뿐이니 열심히 하세요"라는 메시지가 말 구석구석마다 배어 있었다. 통역으로 듣고 있는 나도 확실히 알 수 있었다. 질의응답 시간에 베를린에서 온 젊은 연구자가 그 점을 비판했다. 프랑스어를 어떻게 쓸지는 전적으로 세네갈 작가의 자유이며, 연구자는 자기 모어가 프랑스어라는 이유로 세네갈 작가의 프랑스어가 '좋은' 프랑스어인지 '나쁜' 프랑스어인지 판단할 자격이 전혀 없다는 발언이었다.

독일도 일본 정도는 아니지만 독일어가 모어라는 이유

로 독일어의 결정적 소유권을 가지고 있다고 믿는 사람이
가끔 있다. 18세기에 괴테가 글로 쓴 독일어는 우수한 독일
어이고 19세기 소설가 클라이스트가 쓴 독일어는 그것보다
열등하며 이주자 문학의 독일어는 그것보다 더 열등하다고
단순하게 믿는 사람도 있다. 이는 흔한 현상이다. 문학과 깊
은 관련이 없는 사람이 간단한 단어와 문장을 쓰는 것을 유
치하다고 믿거나, 익숙하지 않은 문장을 악문이라 판단하
는 것과 마찬가지다. 작가는 굳이 당신과 나는 같은 모어를
쓴다고 말하지 않는데, 그 사람은 작가가 '외국인'이라고 멋
대로 믿고 안심한 나머지 자기의 순진한 견해를 드러낸다.
어떤 사람은 원래 소설을 좋아하는데 복잡한 현대문학 담
론에서 소외됐다고 느끼며 열등감과 휴머니즘에 휘둘려 이
주자 문학에 덤벼든다. 이 경우도 역시, 자기가 옹호할 수
있고 나쁜 방향으로 가지 않도록 선심을 쓸 수 있는 대상으
로 이주자 문학을 보는 것이리라.

   일본은 아직 장르로서 화제가 될 정도로 이주자 문학이
존재하지는 않는다. 물론 조상이 중국이나 조선에서 온 작
가는 많이 있지만 그들의 문학은 일본어 문학에서 오랫동
안 존재한 큰 줄기이기도 해서 '마이너리티' 개념에서는 벗
어난다. 일본으로 이주해서 모어가 아닌 일본어로 창작을
하는 작가로는 리비 히데오リービ英雄와 데이비드 조페티David

Zoppetti 정도만 떠오른다. 최근까지 일본어가 모어가 아닌 사람이 일본어로 소설을 쓰는 일은 있을 수 없다고 믿는 일본인이 상당히 많았다. 리비 히데오도 에세이에서 그 점을 거듭해서 썼다.

어떤 언어로 소설을 쓰는 것은 그 언어를 사용하는 사람들을 흉내 내는 것이 아니다. 그 언어를 사용하는 사람들이 아름답다고 여기는 언어의 모습을 베끼는 것이 아니다. 그 언어에 잠재하지만 아직 누구도 보지 못한 모습을 끌어내 보이는 것이 중요하다. 따라서 언어에서 표현의 가능성과 불가능성이란 문제에 접근하는 데는 모어의 외부로 나가는 것이 하나의 유효한 전략이다. 물론 밖으로 나가는 방법은 여러 가지가 있으며 외국어 안에 들어가보는 것은 그중 하나일 뿐이다.

외국어로 창작을 할 때 어려운 것은 언어 자체보다 편견과 싸우는 일이다. 외국어를 익히는 것을 '유창하다', '서투르다'의 기준으로 측정하는 것이라고 여기는 사람은 독일에도 일본에도 많다. 일본어로 예술을 하는 사람에게 "일본어를 참 잘하시네요" 하고 말하는 것은 고흐에게 "해바라기를 참 잘 그리시네요" 하고 말하는 것과 같아서 참 이상한데, 진지한 얼굴로 그렇게 말하는 사람이 꽤 있다. 창작자가 외국인이면 바로 '유창하다', '서투르다'의 기준으로 바라보나

보다.

특히 일본인이 외국어와 접할 때 그 언어가 자기에게 어떤 의미를 갖는지 생각하지 않고 공부할 때가 많은 것 같다. 외국어 공부가 어떤 의의가 있는지 생각하지 않으면 잘한다 못한다만 문제가 된다. 여기엔 역사적 배경도 있을 것이다. 영어와 프랑스어 등 서양어는 일본 사회에서 계급 차별의 도구로 사용됐다. 단지 영어를 못하면 입시에서 떨어지고 일류 대학에 못 간다는 뜻이 아니다. 더 막연한 '계급의식'을 연출하는 데 지금도 외국어가 사용된다. 요전에 일본 만화를 읽었더니 "이 프랑스 레스토랑은 메뉴도 전부 프랑스어고 고급 손님만 상대한다"라는 문장이 있었다. 외국어 학습과 유학은 '고급'이 되는 길, 즉 보통 사람과 거리를 만들고 국내에서 상위 계급에 오르는 상징적 의미가 있는 것 같다. 게다가 누가 잘하고 누가 못한다고 평가할 수 있는 것도, 그것을 결정하는 권위가 자신들에게 있지 않고 '외부의 윗사람'에게 있기 때문이다. 그 권위란 추상적 '서양인'이란 우상이다. 그 권위가 자기가 말을 '잘하는지' 아닌지를 결정해준다는 발상이다. 이는 일본에서 전통 기예를 후계자가 잇는다는 가원家元 제도의 발상이라기보다는 식민지 발상이라고 할 수 있다. 왜냐하면 가원 제도에서 스승은 조직 안에 있는 사람이고 추상적 우상이 아니라 피가 흐르는 사람이니까. 추상적 '서양인'을 권위기관으로 숭배하는 것은 구체적 서양인 개인을 무시하는 것이기도 하다. 실제로 살아가는, 살아 있는 몸으로서 서양인은 터키계 독일인, 한국계 독일인, 인도계 영국인, 베트남계 프랑스인, 아프리카계 미국인, 일본계 미국인 등 여러 사람으로 이루어진다. 그러한 다양성이 없기에 '서양'이 권위로 기능한다. 최근까지 일본은 살아 있는 몸의 서양인은 무시하고 자기 머릿속에 그린 '서양인' 상만 가지고 있었다.

벌써 20여 년이 넘었는데, 아직 일본에 살고 있을 때 예술영화관 아테네 프랑세즈 문화센터에서 〈다른 곳에서 온 사람〉L'Homme d'ailleurs(1979)이란 영화를 봤다. 서아프리카에서 일본으로 온 일본문화 연구자의 이야기다. 그 사람은 일본에 사는 프랑스 사람에게서 "아프리카에는 기아로 죽는 사람이 있는데 당신은 한가하게 일본학이나 공부해도 되는 건가요?"라는 말을 듣는가 하면, 술집에서 술 취한 일본인에게서 "아프리카는 인육을 먹는다는데 진짜예요?"라는 말을 듣고 화가 나서 테이블을 엎어버린다. 프랑스어를 가르치는 아르바이트를 하려고 광고를 내자 젊은 일본인 여성이 프랑스어를 배우겠다고 집에 찾아오는데 선생님이 아프리카 사람인 걸 알고 놀라서 뛰쳐나간다. 나는 이 장면이 일본인이 '프랑스어'에 지우는 굴절된 바람과, 열등감에서 오

는 자각 없는 불안을 날카롭게 비췄다고 느꼈다. '우리는 아
프리카와 마찬가지로, 유럽인이 함부로 야만인으로 봤던
아시아 사람이지만 지금은 부자가 됐으니 그 돈으로 비싼
수업료를 내고 프랑스어를 배워서 야만인이 아니란 것을
재확인하고 싶다'라고 무의식중에 생각하고 있는데, 하필이
면 줄곧 야만인으로 여겨진 대표 피해자라고 할 아프리카
사람이 프랑스어 선생님으로 모습을 드러냈으니 황급히 도
망간 것일 테다. 즉 일본인은 야만인에 대한 유럽의 편견을
그대로 받아들였다. 이 미묘한 열등감은 경제성장으로 가
려졌지만 사라지진 않았다. 일본인이 야만인이 아닌 것은
현대식 가죽구두만 문명일 뿐 아니라 전통식 일본 버선도
문명이라서다.

　나는 그러한 성찰이 없는 시대, 일본인은 돈이 있으니
까 야만인이 아니라며 이상한 형태로 상처를 위로하는 시
대에 태어났다. 내가 독일로 떠난 1980년대에 어떤 중년 일
본인은 유럽에서 흥청망청 고급품을 사고 고급 레스토랑
에 가는 사람들은 일본인밖에 없다고 강조해서 말했다. 열
등감과 스트레스를 풀고 싶어서 하는 말이었다. 거품 넘치
는 버블 시기에 거품 돈으로 사치하고 즐긴 것은 나도 알지
만, 그 사치와 열정에서는 돈으로 원한을 푸는 듯한 공격성
이 느껴진다. 그 결과 유럽 중심주의를 없애는 기회를 놓쳤

을 뿐 아니라 유럽 문명을 소비 문명으로만 이해하고 자신
들을 그 일부라고 여기는 생각이 일반화됐다. 역사가 지우
개 가루가 되어서 책상 밑에 버려진 것 같다. 최근 일본인
들은 '아시아에 간다'라고 말한다. 나 같은 사람은 "아, 무슨
뜻이지?" 하고 놀라는데 그들에게 '아시아'에는 일본이 포함
되지 않으니까 그런 말이 이상하지 않다고 한다. 그들은 아
시아를 지리적이고 역사적으로 이해하지 않고 경제 단위로
이해한다.

일본의 열등감을 다루는 건 시대착오적이고 지금 사람
들은 그런 것을 문제 삼지 않는다고 말하는 사람이 종종 있
다. 프랑스어를 배우는 것은 단순히 즐거우니까, 파리에 가
는 것은 사고 싶은 게 있으니까, 프랑스 요리를 먹는 것은
단순히 맛있으니까. 그뿐이니 이제 열등감과 원한은 어디
에도 없다고, 전혀 어렵게 생각할 필요가 없다고. 유럽 중심
주의와 일본의 비틀린 국수주의 문제는 극복한 듯이 보일
뿐 실제로는 손도 대지 않은 채 1만 엔 지폐 밑에 묻혀 있는
느낌이다. 경제위기의 시대가 그러한 문제를 다시 생각할
좋은 기회가 된다면 버블이 터진 보람도 있을 텐데 좀처럼
그리 되지 않는 것 같다. 버블이 또 터지면 이번엔 프랑스어
같은 '외국어'는 단순히 장식이고 사치품이니 그만두고 사
업이 잘되는 영어만 공부하면 된다고 말할까. 현재는 그런

무반성으로 흐르는 경향이 있다. 그래서 일본 대학도 영어 이외의 외국어 교육은 예산을 점점 줄이는 쪽으로 방침을 바꾸고 있다.

왜 외국어를 공부하는지 진지하게 생각하지 않으면 나라 어르신들의 편의주의에 휘둘려 외국어 공부의 갈피를 못 잡게 된다. 세네갈에서 돌아오는 비행기에서 에어프랑스 항공사가 내준 맛있는 과자를 먹으며 나는 그런 생각을 했다.

베를린
서양과 위생

2002년 11월 말, 베를린에서 독일 낭만주의 작가 하인리히 폰 클라이스트^{Heinrich von Kleist} 학회의 정기 학술 행사가 있었다. 클라이스트는 19세기 문학 중에서 내가 특히 좋아하는 작가이기도 하다. 헝가리에서 온 젊은 독일문학 연구자의 제안으로, 프랑스, 헝가리, 일본에서 사람을 불러 학회 마지막 날 밤에 클라이스트 번역에 대해 토론을 하기로 했다. 왜 이세 나라인가 하면, 클라이스트를 전집 형태로 번역·출판한 곳이 세 나라밖에 없기 때문이다. 이를테면 영어로 된 클라이스트 전집은 존재하지 않는다.

불행하게도 예산이 모자라 일본에서 사람을 부르지 못했다고 하여, 대신에 전문가는 아니지만 '본토' 사람이자 애독자인 내가 일본에서 나온 전집과 클라이스트 번역사를 간단히 발표해달라고 부탁을 받았다. 그 기회에 현재 나와 있는 일본어 번역뿐 아니라 메이지 시대의 소설가 모리 오가이^{森鷗外}가 번역한 「산토도밍고 섬의 약혼」^{Die Verlobung in St. Domingo}(1811)(모리 오가이가 번역한 제목은 「악연」)과 「칠레의 지진」

Das Erdbeben in Chili(1806)도 읽고 다른 문헌도 대강 훑어보았다.

당시 일본의 외국어 교육이나 번역 상황을 읽어보면 오가이가 독일어를 했던 것과 내가 독일어를 하는 것은 크게 다르다는 것을 깨닫는다. 메이지 유신 직후 일본이 유럽에서 적극적으로 강사를 초대해 대학에서 강의를 하게 하고 유럽의 언어, 기술, 자연과학을 직접 도입한 일은 잘 알려져 있다. 지금과 달리 일본어 텍스트도 거의 없고 가르칠 수 있는 일본인 강사도 없었을 터인데 그래도 도쿄대 의학부 수업을 독일어로 했다니 그 의욕이 지금과는 사뭇 다르다. 전부 통째로 삼켜서 자신의 미래로 만들려는 비장한 각오가 느껴져 그 의욕에 머리를 숙이게 된다. 동시에 나는 '서양'을 상대적으로 볼 수 있는 시대, 여성도 누구나 독일어를 공부할 수 있는 시대에 태어난 것을 감사하게 여긴다. 내가 다녔던 고등학교는 옛날에 독일어가 제1외국어인 남학교였다. 전후戰後엔 남녀공학이 됐지만 독일어가 제2외국어 선택지로 남아 있었다. 그때 독일어를 배운 것이 나와 독일어의 첫 번째 만남이다. 와세다대학 문학부에 입학해 러시아문학을 전공했지만 와세다 어학연구소에서 계속 독일어를 공부했다.

오가이란 사람은 꽤 이중적인 면이 있는 사람이었을 것 같다. 일본이 프로이센을 본떠 부국강병의 길로 쏜살같이 나아가던 시대에 완전히 근대화란 시나리오의 등장인물이 되어서 독일로 유학을 가고 위생학을 공부했다. 반면, '문명개화', 즉 '서양화'를 조롱하는 유머러스한 거리 두기를 잃지 않았다. 당시의 군인이나 유학생 중에서 그런 여유가 있던 사람이 얼마나 될까. 베를린에서 오가이가 다른 일본인들이 모여 살던 곳에서 떨어져 현재 모리 오가이 기념관이 있는 루이제 거리로 이사한 일을 보면 다른 유학생들과 생각이 상당히 다른 사람이었을 것 같기도 하다.

「대발견」大發見(1909)이라는 오가이의 재미있는 소설이 있다. 일본에서 베를린에 막 도착한 주인공이 일본 대사관에 인사를 하러 갔는데 외교관이 자기를 '촌뜨기', 즉 도시에 나온 촌사람으로 보고 무시하는 태도를 피부로 느낀다. 주인공은 외교관이 서양과 일본을 은연중에 도시와 시골 구도로 이해하고 있음을 알아챈다. 외교관이 "당신은 뭐 하러 왔어?" 하고 물어 주인공은 "위생학을 익히고 오라고 하였습니다"라고 대답한다. 그러자 외교관은 말한다. "무슨 위생학이야. 바보 같은 소리 하네. 엄지발가락하고 둘째 발가락 사이에 새끼를 끼고 걷고 사람들 앞에서 코나 후비는 국민한테 무슨 위생이야." 그 후로 주인공은 유럽 사람은 정말로 코를 후비지 않나 하는 의문이 머리에서 떠나지 않는다. 유학하는 내내 그 일이 계속 머릿속에 남아 있는 것이

다. 손수건으로 코를 풀 때 코딱지를 짜서 그 손수건을 주머
니에 넣는 것이 더 비위생적이지 않나 하는 생각도 해본다.
이러한 생각은 지금 독일 사람 입에서도 들을 수 있는데, 당
시 오가이는 문명개화가 아니라 그저 문화 비교의 가능성
비슷한 것을 생각하지 않았나 싶다. 결국 소설 주인공은 어
느 날 유럽소설에서 코를 후비는 묘사를 발견하고 큰 기쁨
에 젖는다. 이 발견이야말로 과학자의 위대한 발견과는 전
혀 다른, 주인공이 달성한 유일한 '발견'이라는 결론이다. 유
머러스한 소설이다. 나는 이 소설이야말로 '위생'이란 신화
를 풀어낸 중요한 작품이라 생각한다. 청결은 신화화됐고
문명을 재는 기준으로 이용됐으며 차별의 도구가 되기도
한다. 나치가 이용한 사이비 학문에 '우생학'과 '관상학'이
있는데 '위생학'도 조금 위험하다.

    일본인은 이제 엄지발가락과 둘째 발가락 사이에 끈을
끼우고 걷지 않는다. 즉 전통 짚신인 와라지와 조리를 더
는 신지 않는다. 현대 일본인은 그 변화를 자연스러운 시대
의 흐름인 것처럼 느낀다. 인간이 만드는 역사, 자기 책임으
로 만드는 역사가 아니라 역사를 '시대 변화'란 자연 현상으
로 받아들인다. 올챙이가 내버려둬도 개구리가 되는 것처
럼 짚신도 내버려두면 저절로 구두로 변신한다는 것일까.
하지만 오가이를 읽으면, 서양이 압도적으로 강해 일본이

식민지가 될 수도 있었던 세계정세 속에서 일본이 억지로 자기 발에 구두를 신긴 느낌이 전해진다. 그렇게 하지 않으면 문명국으로 인정받을 수 없고 불평등한 계약을 맺은 채 반*식민지 상태가 계속됐을 것이다. 문명국이 되기 위해 동성애, 혼욕, 알몸으로 밖에 나가기 등 미국이 비문명으로 보는 것을 경범죄법으로 금지했고 결국 일본 사회에서 그 자취를 없앴다. 자연스레 그리 된 것이 아니라 인간이 했다. 하지만 그것은 미국 탓이 아니다. 그보다 소설 속 외교관이 상징하는 사고방식이 일본인의 의식에도 있는 것이 문제다. 내게는 외교관을 그린 이 작은 묘사가 역사책이나 역사소설보다 더 실감나게 역사를 전했다.

내가 초등학교에 다녔던 1960년대는 메이지 유신 이후 꽤 시간이 지났지만, 오가이를 읽고 돌이켜보면 확실히 위생을 제도로 정착시키려고 애쓰던 때였다. 매일 손수건과 휴지를 챙겼는지, 손톱을 깎았는지를 검사했고 "비누로 손을 씻자" 같은 노래를 불러야 했다. 역시 '일등국'이 되려고 필사적이었던 일본 서양화 시대의 여운이었나 하고 생각하면 나도 식민지에서 자란 야만인으로서 어린 시절을 이야기하는 작가가 될 수 있을 것 같다. 반항으로 손을 씻지 않았다면 좋았을 텐데 나라 정책에 순순히 따라 손을 씻었던 점이 참으로 식민지 어린이답다. 세네갈에 사는 유럽 사람이 "요리하는 여성은 손을 씻으라고 매일 말하지 않으면 안 씻어요"라고 파티 중에 불평을 했는데, 그것과 비슷한 식민 지 대화가 메이지 유신 때 서양인 사이에서도 틀림없이 오 갔을 것이다.

타인의 위생관 따위 무시하고 자기 위생관을 만들었으 면 좋은데, 다니자키 준이치로谷崎潤一郎의『그늘에 대하여』陰翳 禮讚(1939) 같은 몇몇 시도를 제외하면, 대개의 일본인은 '서양 이니까 옳다'라는 위생관을 철저히 지켰다. 서양을 따라잡 고 앞지르려고 필사적으로 노력했다. 그 결과 지금은 일본 처럼 도로와 공항 바닥이 깨끗한 나라가 없고, 반대로 너무 몸을 씻어서 병에 걸리는 상태까지 왔다. 독일 티브이에서 "일본인 눈에는 우리가 몸도 제대로 씻지 않고 불결하게 보 이겠지"같이 위생신화를 만드는 소리를 들을 때도 있다. 하 지만 이 말을 듣고 메이지 유신의 상처를 위로해도 나는 변 함없이 위생신화의 희생자다. 여성에 대한 편견과 싸워 출 세한 여성이 "당신은 남자보다 더하다"라는 말을 들어도 조 금도 기쁘지 않은 것과 같다. 오히려 나중에 시간이 지나 끝 도 없는 피로와 자기혐오, 우울에 빠질 수도 있다. 그뿐이면 괜찮은데 갑자기 스트레스가 폭발해서 국수주의로 빠질 수 도 있다.

여하튼 에세이가 섞인 듯한 오가이의 단편소설은 위생

학을 일본에 도입하면서 위생학을 비판적으로 바라보는 시선도 함께 제공하는데, '역사소설'보다 훨씬 더 역사를 피부로 느끼게 한다.

반면에 오가이의 클라이스트 번역은 조금 불만이었다. 클라이스트란 작가를 일본에 빨리 소개했다는 점은 굉장하지만, 모처럼 고전 규칙을 흔드는 새로운 언어의 가능성을 열어젖힌 클라이스트의 문체를 오가이는 말끔히 잘라 번역했다. 예를 들면 클라이스트의 문장은 부문장(독일어 문법에서 주문장을 보충하는 문장으로서 주문장의 원인, 조건, 목적 등을 나타낸다. _옮긴이 주)이 많고 그 부문장도 정보를 추가하는 역할을 비집고 나와 제멋대로 쑥쑥 자란다. 이 문체가 클라이스트의 매력이다. 괜히 있는 것이 아니라 내용과 뗄 수 없는 문체다. 「결투」Der Zweikampf(1811)를 시작하는 긴 문장도 원문은 마치 가계도를 재현하는 듯하다. 결혼 전에 부인 사이에서 태어난 아이, 바람 핀 상대 사이에서 태어났지만 이미 죽은 아이, 바람 핀 탓에 절교한 배다른 형제에 대한 정보가 부문장 형태로 쑥쑥 자라, 결국 유산이 누구에게 남겨지는지 알 수 없게끔 가지가 복잡한 나무를 독자 앞에 그려 보인다. 「O 후작 부인」Die Marquise von O(1808)도 긴 문장으로 서두를 시작한다. 결혼을 잘해서 아이도 있는 부인이 지금 배 속에 있는 아이의 아버지를 신문의 사람찾기란에서 찾고 있다. 길고

긴 한 문장으로 쓰였지만 이 장면으로 견고한 부르주아 가족제도 한가운데에 구멍이 나 있음을 잘 살려냈다. 만약 문장을 짧게 잘라, A(흔들리지 않는 결혼 제도)가 있는데 B(이상한 사건)가 일어났다고 쓴다면 의미가 전혀 달라진다. 긴 문장 자체에 의미가 있는 것이다. 「칠레의 지진」도 첫 문장이 길고, 연대기인 척하며, 지진과 교수형 이야기를 같은 문장 안에 마구 집어넣어 현기증이 일어날 것 같다. 잡다한 사건이 동시적으로 역사 속에 들어 있다. 오가이는 이것을 미관을 해치는 쓸데없는 가지인 양 전부 잘라 번역했는데 정말 유감이었다.

물론 오가이에 한하지 않고 오늘날 각국의 여러 연구자와 문학평론가, 번역가가 클라이스트의 문장을 '악문'이라고 젠체하며 비난한다. 그럴 때 나는 너무 화가 나서 클라이스트가 자살한 베를린 반제 호수에 뛰어내려 머리를 식히고 싶어진다.

문장에 애초부터 객관적으로 올바른 길이란 없다. 긴 문장도 짧은 문장도 표현 수단의 하나다. 클라이스트의 문장을 읽고 있으면 언어가 주는 기쁨이 뇌세포와 다른 세포에 직접 전해지는 느낌을 받는다. 흔들리는 문체로 지진을 묘사하고, 역사의 한 장면처럼 보이는 풍경에 문체로 동요를 일으키는 문장은 악문이 아니다. 하지만 내가 이런 가치관으로, 잘났다는 듯이 오가이의 번역을 비판하는 것도, 백 년 동안 여러 번역론이 일본에 소개됐고 그것을 읽을 수 있었기에 가능하다.

당연히 시대에 따라 클라이스트에게 기대하는 내용도 다르다. 1911년에 출판한 잡지 『예문』※※에 실린 클라이스트 특집을 보면 강한 프로이센을 대표하는 작가로 클라이스트를 무리하게 추어올리려고 악전고투하는 평론가도 적지 않았다.

요즘에 설마 프로이센을 본받으려고 독일어를 배우는 사람은 없을 것이다. 하지만 독일어 공부가 프로이센의 어떤 면이 문제였는지, 또 프로이센을 흉내 낸 일본 근대국가는 어떤 면이 문제였는지 생각할 기회는 될 수 있다. 프로이센을 떠나 방랑하면서 프로이센을 풍자한 클라이스트의 소설은 더욱 재미있게 다가올 것이다.

로스앤젤레스
언어 사이에 있는 시적 계곡

1997년 캘리포니아 산타모니카 근처에 있는 빌라 오로라에 두 달간 머물렀다. 이 아름다운 멕시코식 빌라는 2차 세계대전 중 나치의 유대인 박해를 피해 망명한 유대계 독일 작가 리온 포이히트방거Lion Feuchtwanger의 집이었다. 현재는 독일에 사는 화가, 영화감독, 작가, 작곡가 등이 지원금을 받고 일을 하며 머물 수 있는 시설이다. 바로 근처엔 토마스 만Thomas Mann이 망명해 살았던 집도 있다. 쇤베르크도 자주 왔다는 이 빌라의 거실에는, 역시 캘리포니아로 망명한 독일 작가 베르톨트 브레히트Bertolt Brecht의 사진이 걸려 있었다. 작가와 음악가뿐 아니라 아도르노, 호르크하이머 등 프랑크푸르트학파 철학자들도 역시 이곳으로 망명했다.

2차 세계대전 중 독일에서 미국으로 망명한 사람과, 전쟁 후 동유럽의 독재정권과 중동의 이슬람 원리주의를 피해 독일로 망명한 사람은 비슷한 데가 있다. 다른 점은 동유럽이나 중동에서 망명한 사람들은 당연한 듯 독일어로 작품을 쓴다는 점이다. 반대로 2차 세계대전 중 독일에서 미

국으로 망명한 사람들은 미국에서도 계속 독일어로 창작했
고 전쟁 후엔 독일로 돌아갔다.

　예를 들면 독일 소설가 토마스 만이 미국으로 망명했다
는 정보는 머릿속 어딘가에 있는데, 그의 작품에서 캘리포
니아가 나온 걸 본 적도 없고 그가 영어로 쓴 글을 읽은 적
도 없다. 만의 작품에서 다른 나라가 배경인 것을 본 적은
있다. 뤼벡이나 함부르크 같은 독일 북부의 햇빛과 스위스
엥가딘의 햇빛, 이탈리아 베네치아의 햇빛이 있었다. 하지
만 아주 특색 있는 캘리포니아의 햇빛은 작품 속에서 만난
기억이 없다. 만이 영어로 쓴 짧은 에세이를 훗날 전집에서
읽기도 했으나 문학이 아니라 미국에 보내는 공적 메시지
성격의 글이었다. 어떻게 영어를 쓰지 않고 미국에 머물 수
있었을까.

　한 출판사 관계자는 스위스 주요 신문에, 미국으로 망명
한 독일 작가 슈테판 하임Stefan Heym의 추도문 첫 부분을 이렇
게 썼다. "독일어 작가의 특징이 국제적 경험이나 두 언어
에 통달한 점이라고 말하긴 어렵다. 적어도 그렇지 않던 세
대가 압도적으로 많다. 나치 독재정권 때문에 망명해야 했
던 사람들이 있어서 한 줌의 예외는 생겼지만, 그 당시에도
자기가 쓰는 언어를 바꾸고 싶다고 생각한 작가 또는 바꿀
수 있었던 작가는 정말 조금밖에 없었다. 클라우스 만Klaus

Mann, 에리히 마리아 레마르크Erich Maria Remarque는 복수 언어를 쓸 줄 알았던 예외적 존재였다. 그리고 슈테판 하임. 하임은 영어로 많은 소설을 썼다. 독일에 돌아가서도 계속 영어로 썼다.”

독일어 작가가 엑소포니를 좋아하지 않는 것은 어학 재능이 부족해서가 아니다. 영어가 능숙하고 영어권에서 오랫동안 산 현대 독일 작가들도 영어로 시와 소설을 쓰지 않는다. 예를 들어 20년도 넘게 런던에 살고 있는 안네 두덴Anne Duden, 2001년에 사고로 죽은 W. G. 제발트Winfried Georg Sebald, 영국에서 유학한 울리케 드래스너Ulrike Draesner는 영어로 훌륭하게 말하지만 결코 영어로 창작은 하지 않는다. 영국에서 25년 넘게 산 제발트가 한 낭독회가 끝난 후 “왜 글을 영어로 안 쓰나요?”라는 청중의 질문에 “학술논문은 영어로 많이 썼지만 문학은 논문과 전혀 다릅니다”라고 대답했던 것을 기억한다. 질문한 사람은 그다지 납득할 수 없는 듯했다. 나는 제발트의 말이 의미하는 바를 기분상으로는 알 수 있었지만 내가 10년 넘도록 한 작업들이 그 ‘아는’ 기분을 조금씩 허물었기에 찬성은 할 수 없었다.

두덴은 한 낭독회가 끝난 뒤 같은 질문에 좀더 구체적으로 대답했다. 독일어란 언어 안에 자신들이 짊어진 독일의 역사가 아로새겨져 있다, 독일어를 벗어나면 독일 역사

안으로 깊숙이 들어갈 수가 없다, 그래서 독일어를 버릴 수 없다는 대답이었다. 그 대답은 독일 역사를 자랑스럽게 여긴다는 뜻이 아니라 독일 역사에 책임을 져야 한다는 뜻일 테다.

두덴이 독일 파더보른대학에서 한 시학 강좌 내용을 읽어보면 Schrei슈라이, 외침와 Schreiben슈라이벤, 쓰다이 나란히 있다. 소리를 봐도 뜻을 봐도 외침과 쓰기는 복잡한 관계에 있다. 하지만 실제로 외치는 소리를 글로 쓸 수 있는 사람은 조금은 유복한 환경에 있는 사람뿐이다. 자기가 받고 싶은 교육을 받을 수 있고 소설과 시를 쓸 수 있는 여유로운 환경에서 자란 사람은 드물다. 많은 사람은 소리 지르고 싶어도 그럴 수 없기 때문에 눈만 크게 뜬 채 인간이 부서지는 모습을 목도하며 들리지 않는 외침 속에서 죽어가기만 한다. 또 글로 쓰는 대신 정말로 소리를 질러대면 주위에서 정신병 환자로 취급한다. 글이 곧 외침은 아니다. 그러나 글이 외침과 완전히 떨어져버리면 더 이상 문학이 아니다. 글과 외침은 떼려야 뗄 수 없는 관계에 있다. 이 두 단어는 언어학적으로 어원이 같은 것이 아니라 한 인간이 살아온 과정에서 이제는 뗄 수 없을 정도로 밀접하게 결합된 것이다.

또한 두덴 문학의 중요한 소재인 독일어 문법의 특징이 몇 가지 있다. 독일어는 접두어에 따라 동사의 뜻이 180

도 바뀔 때가 자주 있다. 접두어에 따라 두 단어는 뜻이 정
반대로 보이지만 사실은 깊이 이어질 때가 많다. 그것을, 하
이픈을 써서 동사 부분을 되풀이하지 않고 쓰는 방식(접두어
와 동사가 분리되는 분리동사를 말한다. '올라가다'(aufsteigen)와 '내려가
다'(absteigen)를 '올라가고 내려가다'로 이어 말할 때 auf- und absteigen으
로 쓸 수 있다는 뜻이다. _옮긴이 주)이 독일어엔 있다. 일본어에는
그런 방식이 없지만, 예를 들면 '잠재와 존재'를 말할 때 두
단어의 공통항 '재'를 강조하며 '잠/존·재'로 쓰는 식이다. 두
덴의 시학 강좌에는 Unter und Auftauchen이란 표현이 나온
다. Unter는 '잠수하다', Auftauchen은 '떠오르다'라는 뜻인데
두 동사는 단순히 반대어가 아니라 두덴에게는 떼려야 뗄
수 없는 관계에 있다. 한 장의 그림을 마주했을 때, 그림에
완전히 빠져들면 주체가 사라지고 언어가 떠오를 때가 있
지 않은가.

   캘리포니아 하면 시인 이토 히로미伊藤比呂美가 생각난다.
히로미의 영어 낭독 공연을 2002년에 오스트리아 인스부르
크에서 본 적이 있다. 다른 언어가 몸속으로 날것인 채 들
어왔다. 세포는 소리치고 그걸 거부하면서도 탐하듯이 받
아들이며 부푼다. 임신한다. 히로미의 목소리에는 캘리포
니아의 햇빛이 스며들어 있었다. 그 햇빛은 쾌활함이나 건
강함이 아니라 도전하고 응답하며 정전기를 일으키는 듯한

느낌이 들게 했다.

    토마스 만은 왜 히로미와 다를까. 이 물음은 간단한 것 같지만 어렵다. 만의 작품에 캘리포니아의 햇살이 가득하지 않다고 해서 이 작가가 망명지의 날씨를 안 좋아하고 독일어란 암실 속에서만 창작했냐 하면 그렇지도 않은 것 같다. 만은 캘리포니아의 상쾌한 날씨와 풍경에 매혹됐다고 한다. 이는 지금 우리가 생각하는 것만큼 당연한 일이 아니다. 옛날에는 지금과 달리 캘리포니아가 기분 좋은 곳이라는 소문이 세계에 널리 퍼져 있지 않았다. 오히려 다른 망명 작가들은 여기 날씨에 익숙해지지 않아서 고생했다. 이를테면 독일 작가 레온하르트 프랑크Leonhard Frank는 캘리포니아는 "공기 중에 공기가 없다"라는 감상을 내비쳤고, "오랫동안 햇볕을 쬔 생명과 한참 떨어진 지옥 할리우드"에는 사계절이 없다고 한탄했다. 프랑크는 이미 1차 세계대전 중에 전쟁에 반대했고 1934년엔 52세로 무국적이 됐다. 뉴욕으로 망명해서 로스앤젤레스로 거처를 옮겼지만 캘리포니아의 날씨와 분위기를 참을 수가 없어 다시 뉴욕에 돌아갔고 1950년엔 68세로 독일로 돌아온다. 캘리포니아에 적응할 수 없었던 작가는 적지 않다. 독일 작가 칼 추크마이어Carl Zuckmayer는 "캘리포니아의 자연은 생명이 없고 으스스하다. 크리스마스에 정원이란 정원에 다 핀 칙칙한 장미를 보면 토할 것 같다"라고까지 말한다. 브레히트도 캘리포니아에 친숙해지지 않았던 듯 "창밖을 조금만 봐도 강한 타격으로 기력을 잃은 기분이 든다"라고 쓴 글을 남겼다. 날씨를 말하는 것이 아니라 해조차 할리우드의 상업주의를 상징하는 것 같고 눈을 희번덕거리며 웃는 것 같다는 뜻일 수 있겠으나 말이다.

나는 포이히트방거의 서재 창문에서 매일 태평양을 바라봤다. 이것이 어린 시절 가슴 떨리게 동경했던 태평양이구나, 하고 감동했다. 하지만 그다지 도쿄에 돌아가고 싶지는 않았다. 현재 자기가 있는 곳의 문화를 못 받아들이겠다, 인정할 수 없다, 이해할 수 없다고 느끼면 고향이 그리워진다. 하지만 나는 일본에도 나를 이해하지 못하는 사람이 많고 캘리포니아에도 나를 이해하는 사람이 있음을 안다. 그것은 상대적 차이일 뿐이라는 느낌이라서 특별히 출생지를 미화하고 싶은 마음은 생기지 않는다.

태평양을 보며 느낀 것은 그리움이 아니었다. 도쿄에서 시베리아를 넘어 유럽이란 먼 곳까지 와서, 또 태평양을 넘어 미국 동부 해안에서 대륙을 횡단해 '세계의 끝' 캘리포니아까지 왔더니 다시 출발점인 도쿄에 가까워졌다는 이상함이었다. 지구가 둥글다는 건 이런 것이었나 싶다.

옛날이라면 몇 년마다 사는 장소를 바꾸는 사람은 '어디에도 적응하지 못한다', '어디에도 소속되지 못한다', '떠돌이' 등으로 불리며 동정을 불러일으켰다. 지금 시대는 사람이 이동하는 것이 보통이다. 어디에도 있을 곳이 없는 게 아니라 어디를 가도 깊이 잠들 수 있는 두꺼운 눈꺼풀, 여러 가지 맛을 알 수 있는 혀, 어디를 가도 주의 깊게 볼 수 있는 복잡한 눈을 지니는 것이 중요하지 않을까. 원래부터 있던 공동체엔 제대로 된 것이 없다. 산다는 것은 어떤 장소에서 사람들이 언어의 힘을 빌려 새로운 공동체를 만들어가는 것이라고 생각하고 싶다.

로스앤젤레스도 도심은 상당히 더웠는데 포이히트방거의 집은 언덕 위에 있어 기분이 참 좋았다. 도착한 날에 내 방 창문을 열어두고 두 달 동안 닫을 필요가 없었다. 비도 내리지 않고 차가운 바람도 들어오지 않는다. 너무 춥지도 않고 너무 덥지도 않다. 항상 함부르크에서 생활했던 내게 그곳의 기후는 잘못 전달된 선물처럼 고마웠다. 그런데 시간이 조금 지나니 구름이 없는 것이 심심하기도 했다. 원고는 좀처럼 나아가지 않았다. 햇볕이 내리쬐는 시간이 짧은 독일 북부의 겨울은 원고가 가장 잘 써지는 때다. 오늘이야말로 햇볕을 쬐고 싶다고 간절히 바라며 책상 앞에 앉으면, 어두운 창밖은 되도록 보지 않고 원고를 쓰고 있으면, 뇌가 스스로 전기를 일으켜 머릿속이 밝아진다. 말이 나오면 갑자기 번쩍 빛이 난다. 원고를 쓰는 것이 산책을 나가는 것보다 환하다. 그래서 겨울에 집필이 순조롭다.

앞에서 독일 사람은 독일어 이외의 언어로 작품을 쓰지 않는다고 했는데 오스트리아 사람이나 스위스 사람은 똑같이 독일어가 모어여도 조금 사정이 다르다. 미국에 잠시 살았던 작가 자비네 숄Sabine Scholl은 영어로 글을 쓰는 시도를 했다고 말했다. 숄은 오스트리아 사람이다. 오스트리아 사람은 원래 글을 쓸 때 사용하는 표준 독일어와 말할 때 사용하는 방언이 다르니 모어를 상대적으로 볼 수 있겠다고 나는 생각했다. 프랑스 사람도 자신들 언어를 굉장히 중요시하지만 그렇다고 외국어로 글을 쓰지 않았던 것은 아니다. 독일 낭만주의의 중요한 작가인 아델베르트 폰 샤미소Adelbert von Chamisso처럼 독일어로 글을 쓴 프랑스 사람도 있다. 동유럽 작가는 당연히 옛날부터 여러 언어로 글을 썼다.

물론 독일어에 계속 머무르는 독일 작가도 텍스트에는 영어가 등장한다. 두덴의 작품에도 때로는 인용처럼 때로는 어딘가에서 들려오는 목소리처럼 영어가 나타난다. 로스앤젤레스에서 25년 넘게 살았던 독일 작가 파트리크 로트Patrick Roth도 마찬가지다. 여담이지만 로트의 집에 갔더니 굉장히 독특한 방식으로 책이 진열되어 있었다. 머릿속에 어떤 분류법이 있는지 아무리 생각해도 알 수가 없었다. 알

파벳순도 아니고 나라별, 시대별도 아니며 주제별도 아닌
듯했다. 결국 참다 못해 어떤 순서로 책을 분류했는지 물었
다. 그랬더니 1994년 로스앤젤레스에 지진이 일어났을 때
책이 전부 책장에서 떨어져서 황급히 되는 대로 다시 꽂았
는데 아직 그 상태라고 알려주었다. 불행 뒤의 혼란 속에서
우연히 만들어진 체계라니 역동성이 느껴졌다.

나치의 눈을 피해 미국으로 도망 온 독일 작가가 반드시
캘리포니아에서 글을 써야 할 이유는 없다. 마치 지진에 흔
들려 떨어지는 바람에 우연히 비어 있는 책장에 들어간 책
과 같다. 1953년생인 로트는 자기가 선택해 미국으로 처음
유학을 왔다. 『나의 채플린 여행』Meine Reise zu Chaplin(1997)이라는
책을 봐도 알 수 있는데 예전부터 영화에도 관심이 있었던
것 같다. 말하는 방식은 완전히 캘리포니아식이지만 작품
은 의욕적으로 독일어로 쓴다.

다시 말해 독일어로만 창작을 하는 것이 다른 문화에 마
음을 열지 않는 것은 아니다. 그렇지만 나는 한 언어 안에
머무는 것은 불가능하다고 느낀다. 그래서 독일어 작가를
보면 '왜'라는 의문이 도저히 떠나지 않는다. 대답을 찾는
여행은 이제 막 시작한 참이다.

독일은 낭독회가 끝나면 젊은 사람들이 "당신은 독일 사
람으로서 글을 쓰나요, 아니면 일본인으로서 글을 쓰나요?"

라며 너무나 진지한 얼굴로 물어봐 당황할 때가 있다. '어느 나라 사람으로서'라는 느낌을 나는 잘 모르겠다. 누구에게나 여러 문화와 언어가 뒤섞인 부분이 있다고 생각한다.

　미국의 젊은이는 유럽의 젊은이와 달랐다. 역시 이민자의 나라인 만큼 자기가 이민 간 장소가 자기 장소이며 거기 언어가 자기 언어라고 생각한다. 그래서 나한테도 "독일 작가로서 글을 쓰는가요, 일본 작가로서 글을 쓰는가요?" 하고 묻지 않는다. 그 대신 "지금 미국에 있으니까 영어로도 소설을 쓰면 좋을 것 같아요" 하고 아무렇지 않게 말한다. 확실히 나는 일본 녹차도 마시고 홍차도 마시고 커피도 마시고 재스민차도 마시고 허브차도 마시고 마테차(남미)도 마시고 루이보스차(남아프리카공화국)도 마시고 킨켈리바차(세네갈)도 마신다. 다른 문화를 계속 흡수하며 숫자를 늘리는 것이 특기다. 그런데 언어는 그렇지 않다. 말할 수 있는 것만으로도 힘든데 소설이 그렇게 간단히 쓸 수 있는 것이라면 힘들 일도 없다. 소설을 쓸 수 있는 형태로 언어를 익히기 위해서는, 창고에 차곡차곡 나무 상자를 옮겨놓듯이 단어를 기억해서는 안 되고, 원래 저장되어 있던 단어와 새로운 단어가 혈관으로 이어져야 한다. 더구나 일대일로 이어지지도 않는다. 한 단어가 들어와도 생명체 전체가 재조합되고 에너지가 엄청나게 소비된다. 그래서 새로운 언어를 쉽게 흡수할 수 없다.

　나는 많은 언어를 학습하는 것 자체에는 그다지 흥미가 없다. 언어 자체보다 두 언어 사이의 좁은 공간이 중요하다. 나는 A어로도 B어로도 글을 쓰는 작가가 되고 싶은 것이 아니라, A어와 B어 사이에서 시적 계곡을 발견해 떨어지고 싶은 것인지도 모른다.

파리
한 언어는 하나의 언어가 아니다

2003년 1월, 프랑스 문학상 되 마고 상 시상식을 보러 파리에 갔다. 이 여행은 일본 문화시설인 분카무라가 주는 '분카무라 되 마고 문학상'을 받아 그 부상으로 갔다.

오전 11시쯤 늦은 아침을 먹은 사람들이 돌아가자 카페 '레 되 마고'는 잠시 조용해졌다. 곧 평론가들이 모여들기 시작하고 담배를 뻐끔뻐끔 피며 샴페인 잔을 기울여 무언가 이야기를 나눈다. 그중 한 사람이 마이크를 손에 들고 "올해 수상자는 미쉬카 아사야스Michka Assayas로 정해졌습니다" 하고 발표하자 박수가 터지고 수상자에게 전화가 갔다. 30분 정도 기다렸을까. 수상자 본인이 자동차를 타고 도착했고 카메라맨의 플래시를 받으며 카페에 들어왔다. 최종 심사에 남은 네 명의 작품은 초대장에 적혀 있으나 그중 누가 상을 탈지는 시상식 날에 정해진다. 심사위원들이 그 자리에서 열심히 토론한 것 같지는 않아, 미리 정한 건지 아니면 전원일치일지 외부자인 우리는 마음대로 예상했다. 하지만 결코 넓지 않은 카페 안, 테이블 사이에 사람들이 비줍게 서 있고 샴페인 잔이 3분 간격으로 뒤집혀 깨지며 담배 연기와 말소리로 가득 찬 공간은 독특하고 뜨거운 분위기였다. 만약 여기가 일본이나 독일이라면 문학상이란 말만으로 책임 같은 걸 느껴 무턱대고 즐기지 못할 텐데 파리 문학상은 남의 일이라 엄청 즐거웠다.

지하철을 타고 오데옹 역에서 내려 어슬렁거렸더니 서점이 놀랍도록 많았다. 독일은 이렇게나 서점이 많지 않다고 그날 밤 베르나르 바눈Bernard Banoun에게 말하자, 그것은 프랑스 문화가 파리에 집중돼 있어 그렇게 보이는 것뿐, 독일도 좋은 서점이 전국에 있고 책 발행 부수가 프랑스보다 많으며 독자층도 넓다고 했다. 또 독일은 나라나 공공기관에서 작가에게 하는 지원이 더 충실하기 때문에 작가가 글을 쓰며 생활하기에는 프랑스보다 편하다고 가르쳐주었다. 바눈은 투르대학의 독일문학 교수로 내 책을 이미 두 권이나 프랑스어로 번역해주었다.

밤에는 바눈과 내 책의 프랑스어판을 출판해준 베르디에 출판사 사람들과 함께 식사를 하러 갔다. 그들은 다른 나라의 출판 관계자에 비해 굉장히 문학적이고 독자적인 세계에 살고 있는 듯했다. 지구화가 진행된 현대에는 어디를 가도 똑같다고 말하는 사람이 자주 있는데 그렇지 않다는 것을 이날 밤 실감했다. 출판사 사람들이 데려간 곳은 근처의 서민 레스토랑이었다. 벽에 걸린 사진이며 주인 작품인 기묘한 오브제 컬렉션, 오리와 흰콩을 익힌 요리의 맛과 향, 세련된 병에 담겨서 나온 물, 사람들이 입은 옷과 얼굴 표정부터 시작해 출판사 사장이 던지는 질문까지, 여기는 절대 함부르크가 아니었다. 단 한 시간 비행기를 타고 이런 별세계에 올 수 있다니 놀라웠다. 영어와 아무 관계없는 세계. 모두가 프랑스어로 말한다. 바눈이 통역해주었는데 두 번에 한 번은 난감한 얼굴을 한다. "통역은 할 수 있지만 그런 말은 독일어로 하면 아주 이상하게 들리니까요"라며 바눈은 미리 양해를 구하고 주의 깊게 통역을 시작한다. 바눈의 망설임은 나에게 깊은 인상을 남겼다. 나는 경계를 넘고 싶은 것이 아니라 경계의 주민이 되고 싶은 것이라고 생각했다. 그래서 경계를 실감할 수 있는 그 망설임의 순간에 언어 이상의 중요한 무언가를 느낀다. 어디에서나 통하는 얕은 영어로 하는 따분한 비즈니스 토크가 세계를 뒤덮으면 참 시시할 것이다. 나는 영어를 험담하고 싶지도 않고 프랑스어를 찬양하는 것도 아니다. 그 장소에서만 느낄 수 있는 기묘한 장소성이, 농밀한 순간이 소중하기 때문에 국경을 넘고 싶다고 느낀다.

사진, 그림, 언어, 영화 이야기부터 시작해 유대인 박해, 혁명, 다신교 이야기까지 대화가 활기를 띠던 참에 갑자기 "그런데 당신은 왜 파리에 살지 않고 함부르크에서 살지요?"라는 질문이 나와 나는 웃고 말았다. 처음 파리에서 낭독회를 했을 때가 생각났다. 1990년대 초반이었을 것이다. 질의응답 시간에 어떤 나라에서도 나오지 않았던 질문이 나와 놀랐다. "왜 프랑스어가 아닌 독일어로 소설을 쓰겠다고 생각했어요?" 왜 모어가 아닌 외국어로 쓰느냐는 질문이라면 드물지 않다. 그렇지만 그 외국어가 왜 프랑스어가 아니냐고 물으면 답하기 어렵다. 그 자리에 있던 한 독일인이 나중에 싱글거리며 말했다. "프랑스어가 아니라 독일어를 고르다니 믿을 수 없네요." 미국인이 말하는 "독일어가 아니라 영어로 쓰면 좋을 텐데요"와 프랑스인이 말하는 "독일어가 아니라 프랑스어로 쓰면 좋을 텐데요"는 결정적으로 다르다.

내가 가장 존경하는 독일어 시인 파울 첼란Paul Celan은 말년에 계속 파리에 살았는데 독일어로만 시를 썼다. 내가 두 번째로 파리에 간 것은 파울 첼란 국제학회가 열렸을 때로, 학회가 끝나고 한 학생이 파리 주변에 있는 첼란 묘지에 데려갔다. 좀처럼 안 오는 버스를 겨우 타고 아무도 없는 묘지에 도착하니 똑같이 네모난 묘비 수백 개가 길게 놓여 있었다. 묘비가 서 있지 않고 모두 누워 있었고 석양이 그것을 비추었다. 왠지 가슴이 두근거렸다. 묘지기처럼 보이는 남자한테 '안첼'^{Ancel}의 묘를 물었더니 바로 가르쳐주었다. 잘 알려져 있듯이 '첼란'은 필명이고 본명 '안첼'의 철자 순서를 바꾼 것이다.

첼란은 당시 루마니아 영토였던 체르노빌에서 독일어를 말하는 유대인 부모에게서 태어났다. "시인은 오직 한 언어로만 시를 쓸 수 있다"라고 말하며, 스스로 생을 끊기까지 자기 어머니와 친구들을 살해한 사람들이 사용하는 언어인 독일어로만 시를 썼다. 어학 재능이 뛰어나 프랑스어에 정통할 뿐 아니라 러시아 시인 오시프 만델슈탐^{Osip Mandel'shtam}의 시도 독일어로 번역했다. 여러 언어가 들리는 동유럽 환경에서 소수 언어 독일어를 주 언어로 성장했던 환경은 프라하의 카프카와도 닮았다. 첼란의 말 "시인은 오직 한 언어로만 시를 쓸 수 있다"는 때때로 인용되는데, 여기서 '한 언어'는 폐쇄적 의미의 독일어를 가리키지는 않는다고 생각한다. 첼란의 '독일어'에는 프랑스어도 러시아어도 들어 있다. 외래어가 들어 있을 뿐 아니라 풍부한 시적 발상이 나오는 그래픽 기반으로서 여러 언어가 그물코처럼 서로 꼬여 있다. 그러므로 '한 언어'는 벤야민이 번역이론에서 말한, 번역을 통해 많은 언어가 서로 손을 맞잡고 구성하는 '하나의' 언어로 이미지를 상상하는 것이 적절하다. 잘 알려진 예를 하나 들면 "포도주와 상실, 두 잔이 기울었을 때"로 시작하는 시(「포도주와 상실 곁에서」(Bei Wein und Verlorenheit)를 뜻한다. _옮긴이 주)에서는 '비탈'Neige이란 말이 나오는가 하면 갑자기 '눈'이 나온다. 뜻으로는 '비탈'과 '눈'이 이어지지 않는다. 그러나 독일어 '비탈'Neige과 똑같은 철자가 프랑스어에서는 하늘에서 내리는 눈이란 뜻이기 때문에 양자는 밀접한 관계가 있다. 어원상 관계가 없고 발음도 전혀 다르지만 겉모습이 같은 것이다. 우리 무의식이 얼마나 이렇게 '남인데 꼭 닮은' 단어의 관계에 지배받는지는 프로이트의『꿈의 해석』을 읽으면 잘 알 수 있다.

첼란의 시에서 유사한 것은 음운이 아니라 그림이다. 보통 유럽 시는 구체시Konkrete Poesie(1960년대에 활발히 나타난 실험시로 글자를 시각적으로 배열한 시. _옮긴이 주) 같은 예외를 제외하면 글자가 아니라 소리가 중심이라고 한다. 하지만 첼란에게서는 음운이 아니라 그래픽적인 발상이 곳곳마다 보인다. 덧붙이면 첼란의 동반자는 프랑스인 그래픽 디자이너로, 첼란과 함께 시와 에칭 판화를 조합한 작품도 남겼다. 첼란의 시는, 프랑스어는 물론 첼란이 몰랐던 일본어도 들어 있는 마법의 그물 같은 다언어 구성이지 않을까. 이 생각은 졸저『서투른 말의 헛소리』カタコトのうわごと(1999)에 수록한 파울 첼란 이론에도 썼는데 길어지니 여기서 다시 쓰지는 않겠다.

첼란을 읽으면 읽을수록 한 언어는 하나의 언어가 아니

라고 강하게 느낀다. 나는 복수 언어로 글을 쓰는 작가에게
만 특별히 흥미가 있는 것이 아니다. 모어 바깥으로 나가지
않아도 모어 안에서 복수의 언어를 창조하면 '밖'이나 '안'이
나뉘지 않을 수도 있는 것이다.

케이프타운
꿈은 어떤 언어로 꾸세요?

꿈은 어떤 언어로 꾸는지 묻는 사람들이 종종 있는데 그 질
문을 받으면 언제나 좀 화가 난다. "하나 이상의 언어를 말
하는 사람은 정체를 알 수가 없어. 한쪽은 거짓말이고 한쪽
은 진심이겠지"라고 말하는 것 같다. 일본어에도 '두 개의
혀'라는 말이 있는데 혀가 하나 이상이면 거짓말쟁이라고
생각한다. "당신은 일본어가 모어여도 본질적으로는 독일
사람이 된 것 아닌가?", "당신이 아무리 독일어로 말해도 영
혼은 일본 사람 아닌가?", "진짜 자기는 어느 쪽인가?"라고
묻는 것 같다. 이 '본질적으로는', '영혼은', '진짜 자기는' 같
은 사고방식이 마음에 들지 않는다. 꿈을 묻는 사람들은 진
짜 자기가 어느 쪽인지 정하지 않으면 안 되는 것 같다. 깨
어 있을 때에는 거짓말을 하고 있어도 꿈속에서는 꾸밀 수
가 없으니까 '진짜 자기'가 무심코 드러나지 않을까 여기는
가 보다.

  그러나 실제로는 진짜 자기야말로 혀를 많이 가지고 있
고 꿈속에서도 여러 언어로 말한다. 일본어와 독일어뿐 아

니라, 열심히 노력해서 영어로 말할 때도 있고 폴란드어처럼 알 리가 없는 언어로 신나게 떠들 때도 있다. 나는 스페인어를 전혀 모르는데 가끔 스페인어로 악몽을 꾼다. 이제부터 청중 앞에서 내 원고를 읽어야 하는데, 원고를 자세히 보니 분명 내가 쓴 책인데도 스페인어로 쓰여 있어서 읽을 수가 없는 것이다. 어쩌지, 하고 당황하고, 심장이 떨리고, 이마는 식은땀으로 흠뻑 젖고, 숨도 못 쉴 것 같을 때 잠에서 깬다. "그건 왠지 스페인어 같네요"라는 관용어가 독일어에 있는데 이것은 '무슨 뜻인지 모르겠다'라는 뜻이다. 어쩌면 내 꿈이 이 말에서 왔을지도 모른다. 꿈은 관용어를 글자 그대로 구체화한다. 즉 이 꿈은 독일어로 꾼 셈이 된다. 꿈의 스토리를 만들고 있는 것이 독일어 관용어이기 때문이다.

　여하튼 "꿈은 어떤 언어로 꾸세요?"라는 질문이 마음에 들지 않아, 나는 자기가 꿈에서 하고 있는 말을 이해하지 못하는 여성이 주인공인 「밤의 영화관」Bioskoop der Nacht(2002)이란 소설을 독일어로 썼다. 주인공이 꿈에서 말하는 언어는 어딘가 '벗어난' 언어로서, 독일어와 조금 닮았지만 독일어는 아니다. 배운 적 없는 외국어다. 그 뒤 주인공은 우연히 네덜란드인과 알게 되고 꿈에 늘 나오는 언어가 아프리칸스어임을 알게 된다. 아프리칸스어는 남아프리카공화국에 간

네덜란드인의 언어가 현지에서 독자적 발전을 거친 언어인데 네덜란드인이 듣기엔 약간 오래되고 소박하게 들리는 모양이다. 내 귀에는 참 재미있게 들린다. 독일어와 비슷해서 아는 부분도 있지만 '벗어난' 부분이 꿈을 연상시켜 재미있다. 예를 들면 lecker라는 형용사가 있는데 독일어로는 '음식이 맛있다'라는 뜻으로만 쓰인다. 그런데 네덜란드어와 아프리칸스어로는 날씨에도 옷에도 사람에도 쓸 수 있는 말로, 뭔가 "오늘 날씨 맛있네요", "이 옷 맛있어", "저 사람 정말 맛있어" 하고 말하는 것 같아 듣고 있으면 즐겁다. 소설의 주인공은 아프리카에 친척도 없고 친구도 없고 가본 적도 없다. 즉 '진짜 자기'가 말하고 있을 꿈의 언어가 자기와 관계가 없는 먼 땅에 있는 것이다. 왜 그런 일이 일어났는지 본인도 이유를 모른다. 어쨌든 케이프타운으로 여행을 갈 결심을 한다. 나는 소설을 여기까지 쓰고 취재와 집필을 하기 위해 2000년 여름에 2주 예정으로 케이프타운을 향해 떠났다. 여름이라 함은 독일이 여름이었단 뜻으로 남반구에 있는 남아프리카공화국은 겨울이었다. 그래도 케이프타운의 겨울이 함부르크의 여름보다 기온이 높았다.

케이프타운에 도착한 날, 콩코드 여객기가 추락했다. 내가 놀란 것은, 여객기가 추락했기 때문이 아니라 티브이를 켰더니 열한 개 언어가 차례대로 같은 뉴스를 전하고 있었

기 때문이다. 보여주는 화면은 같은데 말소리는 제각각 전
혀 다르다. 미디어 세계는 의외로 영상이 빈약하다는 사실
을 깨달았다. 비추는 영상은 그대로이고 풍부하게 변화하
는 것은 언어다. 나는 문화의 다양성을 떠맡고 있는 것은 언
어임을 실감했다. 그 열한 개 언어엔 영어와 아프리칸스어
도 있었지만 그 밖의 현지 언어는 다 처음 들었다. 코사어는
혀를 차서 울리는 소리가 있다고 들은 적은 있지만 실제로
티브이로 들었을 땐 그 소리인지 모르고 티브이 기계 상태
가 나빠서 지지직거린다고 생각했다. 그래서 코드를 다시
제대로 꽂아보곤 했다. 예를 들어 k를 발음할 땐 입속에서
동시에 '컥' 하고 혀를 울리는데 화자의 얼굴만 봐서는 두
소리가 모두 같은 사람 입속에서 나왔다는 느낌이 들지 않
는다. 교재를 따라 나도 매일 연습해봤지만 끝까지 발음할
수 없었다.

그런데 공용어가 열한 개나 있다면 앞으로 어떻게 살아
가게 될까. 이번이 나의 첫 번째 아프리카 경험이었는데 언
어를 계기로 지금까지 몰랐던 이 대륙에 흥미를 가지게 됐
다. 2년 후 세네갈에 갔을 때, 같은 아프리카여도 당연히 장
소에 따라 모든 것이 다를 수 있음을 알았지만 여전히 공통
적으로 언어 상황에 깊은 흥미를 가지고 있었다.

작은 언어가 많이 존재하는 아프리카에 유럽인이 와서

식민지화하고 자신들의 언어를 강제했다. 식민지 시대가
끝나자 유럽인은 돌아가고 현지에서는 자신들의 많은 언어
중에서 무엇을 공용어로 할지 다투었다. 세네갈처럼 만약
자신들 그룹의 언어 이외의 것을 공용어로 한다면 프랑스
어가 좋겠다고 대부분의 사람이 동의한 경우도 있다. 또 그
와 달리 남아프리카공화국처럼 수많은 언어를 공용어로 하
는 것도 가능성으로 상상할 수 있는데, 실제로 세네갈에서
티브이를 켜자 역시 놀라웠다. 이 상태로 괜찮을까. 사회 문
제, 교육 문제도 여러 힘든 부분이 있을 것이다. 물론 나는
여기에 참견할 자격도 없고 능력도 없지만, 다언어 사회는
문제점뿐 아니라 지금까지 없었던 가능성도 안고 있을 것
이라고 생각한다.

　언어의 다양성 현상은 개발도상국의 문제만은 아니다.
아프리카에 많은 언어가 있는 것은 문명이 늦기 때문이라
고 단정 짓는 사람이 선진국엔 많이 있다. 이를테면 독일에
도 "말과 글의 통일은 마르틴 루터가 성서를 독일어로 번역
했을 때 해결했다. 이젠 옛날이야기다. 말과 글의 통일은커
녕 지금은 사업에서나 컴퓨터를 쓸 때나 영어를 세계 공통
어로 쓰며 살고 있는 시대다. 그러니 부족 간 언어 차이는
얼른 극복하는 게 좋다"라고 말하는 사람이 있다. 다언어는
무거운 짐일 뿐이고 한 나라의 공용어로 많은 언어를 삼는

불합리한 짓을 하면 국제경쟁에서 이길 수 없다는 논리다. 그러나 과연 그렇게 간단하게 판단할 수 있는 문제인지 나는 최근 들어 점점 의문이 든다.

다언어 사회는 확실히 '어렵다'. 독일도 공용어는 하나이지만 현실적으로는 다언어 사회. 이를테면 이주자 어린이가 말을 충분히 하지 못해 학교 수업을 따라갈 수 없어서 문제가 됐다. 그 문제는 이민 2세부터 자연적으로 해결될 것이라며 진지한 대책을 세우지 않았더니 결국 해결되지 않았다는 기사가 신문에 자주 나온다. 최근 조사 결과, 독일에서 태어나고 자란 2세 중에서 일상 회화는 가능하지만 고등교육을 받는 데 필요한 학업능력이 없는 어린이 비율이 굉장히 높았다. 하지만 그것을 이주 문제로 바꿔치기하여 외국인은 역시 들이지 않는 편이 좋다고 말하는 보수주의자들의 의견도 틀렸다. 왜냐하면 스웨덴 같은 곳은 이민 2세의 학업능력이 우수하다는 통계도 나왔기 때문이다. 즉 이것은 이주 문제가 아니라 그 나라의 교육 문제다. 일본이라면 학급 어린이 3분의 1 이상이 일본어를 모르는 상태를 체험한 초등학교 교사는 거의 없을 것이라고 생각한다. 그런 상황에서 수업을 한다면 지금의 교사 양성 프로그램으로는 부족하다.

하지만 이런 시대 상황을 기회로 잡을 수 있도록 용기를 북돋우는 기사를 미국에서 읽은 적이 있다. 이중언어 어린이와 이중언어가 아닌 어린이를 비교하면, 공부량이 비슷할 때 이중언어 어린이가 학업능력이 떨어지는 경향이 있지만 공부량이 늘어나면 이중언어 어린이가 훨씬 높은 수준에 달한다는 통계가 나왔다는 것이다. 특별히 통계란 것을 맹신할 의도도 없고 학업능력 같은 것은 그리 간단히 측정할 수 없다고 생각하지만 내게는 이 조사 결과가 납득이 가는 이유가 있다. 나는 이중언어자로 자라진 않았지만 머릿속에 있는 두 언어가 항상 서로 방해하며, 아무것도 안 하고 있으면 일본어가 일그러지고 독일어가 흐트러지는 위기를 끊임없이 느끼며 살고 있다. 내버려두면 내 일본어는 평균 일본인의 일본어 수준 이하가 되고 내 독일어는 평균 독일인의 독일어 수준 이하가 되고 만다. 그 대신 매일 두 언어를 의식적이고 정열적으로 갈고닦으면 상호자극 덕분에 두 언어 모두 단일언어를 쓸 때와 비교할 수도 없이 정밀해지고 풍부한 표현력을 획득하게 된다는 것을 알았다.

　어린이도 독일어만 하는 것보다는 당연히 독일어와 터키어 양쪽 다 할 수 있는 것이 좋다. 거기서 다언어 국가의 가능성을 찾고 싶다. 기술 획득의 도구로 언어를 보면 다언어는 불합리하게 보이지만 언어 자체의 가치를 보고 시간을 두고 매일 갈고닦는다면, 거기서 출발한다면 '단일언어

인간'만 있던 시대에는 할 수 없었던 무언가를 할 수 있을지도 모른다. 그러기 위해선 당연히 교육과 문화에 시간과 돈을 더 많이 들여야 한다. 그러지 않으면 언어를 풍요롭게 할 복수 언어가 반대로 족쇄가 될 것이다.

오쿠아이즈
언어 이주의 특권

"일본 열도는 중심으로 갈수록 산의 습곡 사이가 좁아지고 평평한 땅이 줄어들며…"라고 소설가이자 문학평론가 무로이 미쓰히로室井光廣가 해설하는 걸, 동행한 출판사 관계자와 함께 들었다. 처음으로 일본 열도가 주름이 있는 생물처럼 느껴졌다. "이 주변은 언어학으로 말하면 억양이 존재하지 않는 지대로, '하시'橋와 '하시'箸와 '하시'端의 구별이 없어요." 그러고 보니 무로이의 작품에서 '탱고'タンゴ, 탄고가 갑자기 '단어'單語, 탄고로 바뀌고 '삼바'サンバ, 삼바가 '산파'産婆, 삼바가 되며 의외의 전개가 펼쳐졌던 것이 떠올랐다. R과 L을 구별해서 듣지 못하는 일본 지방 출신인 나는 Brücke다리란 말 속에서 Lücke빈틈를 발견했고, 서로 다른 문화 사이의 다리를 건너는 것보다 빈틈을 발견하는 것이 더 중요할 수도 있다고 생각했다. 무로이의 발상은 내 생각과 닮은 면이 있다. 자기가 자란 일본어 체계에서는 발음이 구별되지 않는 단어 두 개가 달라붙어 춤추기 시작한다. 거기서 역시 발음이 구별되지 않는 단어가 뛰어들어 새로운 아이디어가 태어난다.

이 말놀이는 언어 이주가 가진 특권으로, 언뜻 쉬워 보이지만 한 언어의 내부에 머무른 사람은 그다지 흉내 낼 수 없는 재주이다. 그 재주를 질투해 그런 것은 시시한 말놀이일 뿐이라며 억지를 부리는 사람도 있다.

태어날 땐 누구나 모든 언어를 알아듣고 발음할 수 있는 능력이 잠재한다고 한다. 다시 말해 하나의 모어를 배우는 것은 다른 가능성을 죽이는 것이 된다. 이를테면 일본어만 들으며 자라면 태어난 지 여섯 달 만에 R과 L을 구별하는 능력을 잃어버린다는 실험 결과도 나왔다. 물론 나중에 다시 배우는 것이 불가능하진 않지만 그렇게 간단하지는 않다. 반대로 유럽어가 모어이면 중국어에 있는 억양을 들을 능력을 한 번은 잃게 되고, 한자의 그림을 기억하는 힘이 점점 둔해진다.

막 태어난 아이에게 모든 언어를 말할 수 있는 능력이 잠재한다니 굉장하다. 하지만 모든 잠재능력을 가지고 있으면 하나의 언어도 말할 수 없다. 극단적으로 말하면 단 하나만 남기고 나머지 능력을 우선 파괴하는 것이 모어의 습득인 셈이다. 조금 아까운 느낌이다. 어쩌면 어른이 되어서 외국어를 공부하고 싶은 것은 갓난아이 때 혀와 입술을 자유자재로 움직였던 것이 그리워서일 수도 있다. 어른이 매일 말을 해도 혀가 절대로 하지 않는 움직임, 혀가 닿지 않는 장소를 찾으며 외국어 교과서를 더듬더듬 소리 내 읽는 것은 혀의 댄스예술이고 매력적인 일이다. 유연하게 모든 방향으로 뒤로 젖히고 늘어나고 줄어들며 두드리고 숨을 내쉬는 혀, 하나의 의미도 형성하지 못한 채 자유를 찾아 춤을 추어대는 혀, 내 안에는 그런 혀를 향한 동경이 숨어 있다. 하지만 정말로 그런 혀를 가진다면 누구도 혀의 말을 이해할 수 없게 된다. 그러기에 할 수 없이 단일언어를 쓰는 인간은 반은 경직된 혀로 일단 치장을 하고 주변 사람들과 의미를 주고받으며 살아간다. 그러나 각자 안에는 자유로운 혀를 가지고 싶은 충동이 숨어 있지 않을까.

예전에 함부르크대학에서 여름학기 일본어 집중강좌 보조강사로 일본어를 가르쳤을 때, "머리가 많이 길어서 병원에 갑니다"라고 어떤 학생이 말해 엉겁결에 "어?" 하고 소리를 질러버렸다. 독일은 머리가 길게 자란 것을 병으로 본다는 뜻이 아니다. 독일 학생이 '병원'びょういん, 뵤우잉과 '미용실'びょういん, 비요우잉의 일본어 발음을 거의 같은 소리로 듣는다는 것을 처음으로 알아차렸다. 분명 미묘하게 다르지만 그래도 나는 이 두 단어가 비슷하다는 것조차 느끼지 못했다. 한 언어의 내부에 있는 사람에게는 보이지 않는 유사함이 많이 있는 것이다.

비슷한 경험이 또 있다. 일본어를 공부하는 학생이 작

가의 사진과 사인을 파는 가게가 함부르크에도 있다고 해, "아무리 독일에 문학 팬이 적지 않다고 해도 그런 가게는 생기지 않겠지요"라고 말하자 학생은 그런 가게가 엄청 유행이라고 했다. 나는 놀랐으나 이야기하면서 그 학생이 '작가'^{さっか, 샷카} 가 아니라 '축구'^{サッカー, 삿카}를 말하고 있다는 것을 알았다. 축구 사진이나 선수 사인은 당연히 팔 것이고 그걸 사는 사람도 있을 것이다. '작가'도 '축구'도 끝모음의 장단 여부만 다르고 일본어 발음이 아주 비슷한 단어지만, 모음의 장단을 분명히 구별하는 일본어 내부에 사는 사람은 그 비슷함도 느끼지 못한다. 더구나 한자와 가타가나를 말하고 있는 상황이라, 세이쇼나곤^{淸少納言(일본 중세 헤이안 시대의 여성 작가. _옮긴이 주)}식으로 말하면 우리 두 사람에게 두 단어는 "가깝고도 멀다". 최근에는 컴퓨터의 한자 자동변환 기능 때문에 이런 우연의 일치를 알아차릴 기회가 늘었지만 평상시에 일본어를 말하는 정도로는 쉽사리 알아차리지 못한다.

무로이는 일본어 바깥에 있는 사람만 볼 수 있는 비슷한 일본어를 발견해, 단어들을 이어 실을 자아내고 기이한 그물을 만든다. 또 방언에만 있는 말이나 말의 쓰임새를 주워 작품 안에 씨처럼 뿌리고 가꾼다. 단편소설 「'소시테'를 생각함」^{そして考(1994)}에서 '소시테'도 그 예다.

일본 오쿠아이즈(Oku Aizu, 아이즈는 후쿠시마 서부에 있는 지역이고 오쿠아이즈는 아이즈의 남서부에 있는 지역이다. _옮긴이 주)의 밭은 캘리포니아의 밭처럼 넓진 않았지만 풍경의 밀도가 높았다. 채소도 작은 토지에 빼곡히 자랐다. "영어로 세미나란 말은 씨앗이란 말과 어원이 연결되어 있어요. 필드워크도 밭일이죠"라고 무로이가 말해, 우리는 곧바로 역시, 하고 고개를 끄덕였다. 무로이는 아일랜드 작가 셰이머스 히니 Seamus Heaney의 에세이집을 공역으로 출판했다. 아일랜드와 영국 사이의 거리를 창작 에너지의 원천으로 활용하는 것을 '아일랜드 모델'이라 부른다면, 일본에서 아이즈도 아일랜드(아이즈랜드?)의 일종일지도 모른다(일본 표준어가 아니지만 아이즈 지방의 방언을 역으로 문학 창작의 에너지로 삼을 수 있음을 영국 제국과 아일랜드 식민지에 빗대어 말하고 있다. _옮긴이 주).

이때 '아이즈'는 자기 뿌리로 회귀하는 의미의 '지방'과는 다르다. 무로이는 일찍이 도서관에서 일한 적이 있고 일하는 틈틈이 문자체계를 학습한 듯했다. 도서관이란 장소에서 도서관을 매개로 아이즈라는 하나의 지방을 재발견했으니, 아이즈는 자기가 자란 언어 환경이다. 그 밭은 필드워크를 하면서 갈면 열매를 맺는다. 필드워크를 하는 사람은 시 인류학자다. 일단 도서관에 가고 밭으로 돌아와 문자뿐 아니라 소리, 사물, 흙과 물을 읽는다. 자기 뿌리가 그곳에 있기 때문에 돌아오는 것이 아니라 재미있는 문화가 있기 때문에 돌아온다. 그곳은 소속된 '고향'이 아니라 계속 발굴할 수 있는 늘 새로운 땅일 것이라고 나는 무로이를 보며 생각했다.

　방언을 일구어 언어를 발견하는 작업은 말소리에도 영향을 끼친다. 일본 동북 지방 사람은 입이 무겁다고 자주 말한다. 무거워서 입이 잘 안 움직인다는 뜻인가 했더니, 진자처럼 무거운 힘으로 묵직묵직 말한다는 뜻일 수도 있겠다. 이런 생각이 든 것은 동북 지방이 고향인 무용가 히지카타 다츠미±方巽가 1976년에 홀로 말하며 녹음한 '히지카타 다츠미 무보舞踏譜' 녹음테이프를 처음 들었을 때였다. 무로이가 말하는 방식도 닮은 데가 있다. 이야기를 시작하면 접힌 듯한 리듬을 타고 말이 쑥쑥 나온다. 더구나 끝없이 평평하게만 이어지는 것이 아니라 덜컹덜컹 땅 위와 아래를 일구며 나아간다.

바젤
국경을 넘는 법

스위스는 공용어가 네 개인 나라다. 인구는 도쿄 인구의 절반을 조금 넘는 정도인데 공용어가 독일어, 프랑스어, 이탈리아어, 레토로망스어 네 개다. 그렇지만 경제적으로 부유해서인지 스위스 사람이 "스위스엔 공용어가 네 개 있어요"라고 말하면 왠지 아름다운 장식품을 자랑하는 것처럼 들린다. "가난한 사람이 아이는 많아"처럼 "가난한 국가가 언어는 많아"란 말은 스위스에 해당하지 않는다. 스위스는 일본처럼 경제위기를 겪고 있지도 않고 독일처럼 실업 문제도 없다.

언젠가 비행기에서 영화를 봤는데 스위스인 여성이 영국에 가서 가사노동을 하는 설정이어서 놀랐다. 불과 100년 전 이야기다. 실업으로 유명한 영국으로 보수 높은 일자리가 넘치는 스위스에서 일하러 가는 일이 생기기 힘든 지금 시대가 되기까지 그다지 긴 시간이 지나지 않았다. 스위스는 근대화와 경제성장이 무서운 속도로 일어났다는 점이 일본과 비슷할지도 모르겠다. 근대화 속도가 빨랐다는 것

은, 오래된 것이 어쨌든 사라지지 않고 남았을 가능성이 크
다는 뜻이기도 하다.

　스위스 산속에서 목동이 소를 부르고 우유를 짤 때 '노
래하는' 소리를 녹음한 것을 들었을 때, 깜짝 놀랐다. 태어
나서 한 번도 서양음악을 들은 적 없는 사람이 어릴 때부
터 매일 동물과 의사소통하는 섬세한 문법만 익혔다면 이
런 소리일 수 있겠다고 생각했다. 지금 서양에 존재하는 음
계와 전혀 다른 장소에서 발성하는 것이다. 또한 그 소리는
지리적으로 유럽 한가운데에 있는 스위스에서 녹음됐다.
내가 들은 녹음 소리는 스위스 슈비츠의 무오타 계곡에 사
는 사람들이 '노래한' 소리로, 이 지역 사람들은 이 소리를
요들이라고 부르는 것을 좋아하지 않는다고 하는데 확실
히 이제 대중가요의 일부가 된 보통 요들과 전혀 다르다. 알
아봤더니 실제로 요들이란, 가슴소리와 머리소리를 교대로
빨리 발성하며 모음으로 부르는 창법의 총칭이다. 피그미,
멜라네시아 문화에도 존재한다고 한다. 요들은 스위스 전
체에 존재하는 것이 아니라 프랑스어권 지역의 스위스에는
거의 없다고 한다. 어쨌건 이 소리가 귀에서 떠나지 않아 이
런 소리를 낼 수 있는 사람은 유럽 한가운데에서 도대체 언
제까지 살았을까 궁금하여 녹음 기록을 봤다. 목소리 주인
은 1930년에 태어났다. 그리 옛날 이야기는 아니다. 독인에

서 슐레스비히홀슈타인 목장을 걷는다면 이러한 놀라운 소리는 절대로 들을 수 없다. 하지만 도쿄라면 팝 음악이 흘러넘치는 시부야 거리를 걷더라도 전통 노가쿠(일본의 전통 연극. _옮긴이 주) 공연장으로 한 걸음 들어가면 배우의 발성이 귀에 날아드니, 새것과 옛것이 공존한다. 그런 의미에서 일본과 스위스는 비슷할지도 모르겠다.

여러 나라에 가보고 느낀 점은 언어가 다를 뿐 아니라 목소리도 다르다는 것이다. 나라별로 평균 목소리의 높낮이도 다르고 발성법 또한 조금 다른 느낌이다. 함부르크에서 하룻밤 야간기차를 타고 취리히에 도착해 역에 내리면 전혀 다른 소리가 둘러싸 전혀 다른 땅에 왔다는 실감이 난다. 스위스에 오래 산 적은 없지만 박사과정을 밟을 때, 지도교수가 함부르크대학에서 취리히대학으로 옮겨서 나도 거기로 재적을 옮기고 논문을 제출할 때까지 취리히에 몇 번 갔다. 독일에서 기차를 타고 가면 한 시간 조금 못 되어 지나가는 곳이 독일과 가까운 도시 바젤이다.

2001년 여름에는 바젤에 세 달간 머무르게 됐다. 독일어권 지역에는 도시의 작가Stadtschreiber란 제도가 있다. 한 지역 또는 법인이 작가를 초대해 몇 달 동안 살 수 있는 집과 생활비를 지원하고 작업을 하게 한다. 그 지역에 일정 기간 머무는 것이 조건인 보조금이므로 체류 장학금Aufenthaltsstipendium

으로도 불린다. 장학금이라고 하면 학생이 받을 것처럼 들리지만 여기서는 전문 작가가 받는다. 가치 있는 문학이 팔리리라는 보장이 없으므로 작가를 나라의 돈으로 보호하자는 취지인데 그렇다고 해서 나라가 문학 내용에 참견하지는 않는다. 만약 간접적으로 그런 일이 있다고 해도 일본에서 출판사와 신문사가 보통 참견하는 정도다.

　체류 장학금을 받으면 그 지역에 대한 무언가를 써주길 바라는 주문이 있을 때도 있지만 지금 자기가 쓰는 소설을 마음대로 계속 써도 된다. 지역에서 열리는 낭독회, 독서회, 대화 모임 등에 가거나 고등학교 수업에 초대받아 지역 사람들과 교류를 할 수 있는데 의무는 아니다. 보통 지역신문에 큰 인터뷰 기사가 실리고 지역서점 쇼윈도에 책이 놓인다. 체류하는 동안 책 한 권을 다 쓰면 후기 마지막에 날짜와 "바젤에서" 같은 지역 이름을 넣기도 하며 그것은 도시의 명예가 된다. 이런 체류 장학금 제도를 실시하는 곳은 비퍼스도르프, 슈라이안, 에덴코벤 등 보통 독일 사람은 들은 적이 없을 듯한 작은 지역이 많다. 함부르크 외곽의 글뤼크슈타트에도 이런 시설이 있다. 10년도 더 지난 일인데 글뤼크슈타트에 있는 친구를 방문했을 때 처음으로 그런 제도가 있다는 것을 알았다. 그 시설은 귄터 그라스Günter Grass가 자기가 살던 집을 제공한 것이었다.

　일본에도 비슷한 제도가 있냐고 사람들이 몇 번 물어봤는데 짐작 가는 데가 없다. 작가가 호텔에 '틀어박히는' 일은 있지만 출판사가 특정한 작품을 완성시키기 위한 목적으로 호텔을 제공하는 것이기 때문에 일종의 사업이지 문화사업은 아니다. 사업으로 좋은 작품이 태어나지 않으리라고 잘라 말할 순 없지만 너그러움, 관대함, 긴 안목이 있는지 없는지는 '틀어박히는' 쪽이 지는 쪽이리라.

　바젤은 독일, 프랑스, 스위스 세 나라의 국경이 만나는 도시로, 어느 나라로도 걸어서 갈 수 있다. 'ART'라는 유럽 최대의 예술박람회도 매년 열려 미술 중심으로 문화가 번성한 곳이다. 문학도 번성해 시청 앞 경사진 곳에 '문학의 집'이 있다. '문학의 집'은 마르그리트 만츠Margrit Manz란 여성이 관장을 맡은 후부터 작가를 도시에 초대해 맨션의 방 하나를 빌려 몇 달간 머무르게 한다. '문학의 집'에서는 작가를 독일어 Stadtschreiber도시의 작가가 아니라 영어 Writer-in-Residence초청 입주작가라고 말했다. 누구를 초대할지 정하기는 어렵지만 독일에서 활동하는 외국 작가에 중점을 두기로 결정했다고 한다. 나 이전에 이미 알렉산더 티쉬머Aleksandar Tišma, 헤르타 뮐러Herta Müller, 테레자 모라Terézia Mora 등을 맞았다. 여기서 '외국 작가'에는 다양한 작가가 속한다. '외국 작가'를 보면 현대 작가가 언어와 관계 맺는 방식과 독일어가 독

일 주변 나라와 맺는 관계를 팔레트처럼 다양하게 보여주
는 것 같아 재미있다. 몇 사람을 여기 소개하고 싶다.

　1924년에 태어나 옛 유고슬라비아 연방에서 세르보크
로아트어로 소설을 쓰는 알렉산더 티쉬머는 독일에 살지도
않고 독일어로 글을 쓰지도 않지만 자기 나라와 비교할 수
없을 정도로 많은 독자가 독일에 있어서 언제나 독일에 있
는 작가에 속한다. 독일어가 능숙해 강연도 하러 자주 오지
만 독일어로 창작은 하지 않는다. 이 범주에 들어가는 작가
는 비교적 꽤 있다. 내가 애독하는 덴마크 시인 잉에르 크리
스텐센Inger Christensen이나 일본어 번역본도 나온 네덜란드 작가
세스 노터봄Cees Nooteboom이 여기에 속한다.

　헤르타 뮐러는 독일어가 모어인 루마니아 작가다. 1953
년 독일어를 사용하는 루마니아 니츠키도르프 마을에서 태
어나 대학에서 독일문학과 남유럽문학을 전공하고 번역과
교사 일을 했는데, 얼마 지나지 않아 비밀경찰의 협조를 거
부했다는 이유로 일자리를 잃는다. 유치원에서도 근무하며
때를 기다렸던 것 같은데 1987년에야 겨우 독일을 떠날 수
있었다. 루마니아에는 독일어를 사용하는 소수자가 존재하
고 뮐러 외에도 루마니아에서 태어난 독일어 작가가 많아,
독일에서 그러한 작가들만 초대해 문학 축제를 여는 것도
본 적이 있다. 동유럽의 작은 독일어권 지역에서 문학이 활

발하게 나오는 상황은 카프카 시대와 다르지 않다고 말할 수도 있겠다.

헝가리에서 태어난 테레자 모라는 1971년생이다. 성인이 되기 전에 베를린 장벽이 무너져 페레스트로이카(1985년에 실시한 러시아 개혁 정책. _옮긴이 주)를 체험한 새로운 세대다. 망명이 아닌 이주로 독일에 와서 독일어로 소설을 쓴다.

이렇게 보면 문학이 국경을 넘는 양상도 여러 가지임을 알 수 있다. 사람은 나라 바깥으로 나가도 모어 바깥으론 나가지 않을 때도 있고 나라 바깥으로 나가며 동시에 모어 바깥으로 나갈 때도 있다.

바젤에 있을 때 나는 독일어 바깥으로 나가진 않았지만 그래도 마치 나간 듯한 곤란한 상황에 처했다. 스위스 말은 같은 독일어여도, 오키나와 말처럼 몇 달 머무른 것만으로 잘 알 수 없다. 외려 계속 말을 접해도 완전히 알기 힘들다. 독일 프라이부르크에 사는 한 소설가는 말했다. 자기는 독일 슈바벤 지역에서 태어나서 자기가 쓰는 방언이 스위스 말과 닮았고 또 취리히와 바젤의 극장에서 일하고 있어서 스위스 말은 완전히 이해할 수 있다고 생각했는데, 극장에서 회의가 열려 세세한 논의까지 들어가면 역시 스위스 말을 100퍼센트는 이해할 수 없다는 것이다. 물론 어떤 말을 아는지 모르는지의 기준을 엄격하게 따지는 사람도 있고 그렇지 않은 사람도 있어서, 말을 단순하게 여기는 사람이 '완전히 이해한다'라고 느끼는 부분을 작가는 엄격하게 따질 수도 있다. 그래도 스위스 말은 역시 나뿐만 아니라 독일인에게도 어려운 듯하다.

스위스 독일어는 3, 40년 전에는 쓰지 않는 경향이었는데 이후로 다시 활발히 쓰게 됐다고 많이들 말한다. 적어도 스위스인은 확실히 자신들이 쓰는 독일어를 자랑스럽게 여기는 것 같다.

바젤에서 그라우뷘덴의 산으로 몇 번인가 산책을 갔다. 기차에서 나한테 말을 건 사람 중에는 표준 독일어는 쓰지 않지만 영어로는 말할 수 있다는 사람이 때때로 있었다. 영어가 저렇게 능숙하면 표준 독일어를 배우는 것쯤 쉬울 텐데, 하고 생각하지만 그들은 완고하게 표준 독일어를 입에 담지 않는다. 바젤에 있는 스위스 사람에게 이 이야기를 했더니 "표준 독일어를 말할 수 있어도 독일 사람, 오스트리아 사람과 말할 때만 쓸 수 있어요. 그 정도라면 집에서만 스위스 말을 쓰고 스위스 밖에서는 영어를 쓰는 게 나아요"라는 말을 들었다.

스위스 역시 지역에 따라 방언이 있으며 산 하나 넘으면 말이 달라진다고 말한다. 내가 '스위스 독일어'라고 하는 말은 지역 방언의 공통항에서 생긴 스위스 표준어이므로 방언과 조금 다르지만 독일에서는 '스위스 독일어'를 '스위스 방언'이라고 많이 부른다.

일반적 의미의 방언은 독일에도 아직 적지 않게 남아 있어, 바이에른 방언도 슈바벤 방언도 시골에 가면 얼마든지 들을 수 있다. 나와 같은 나이대 사람이 항상 표준어를 쓰더라도 고향에 가면 부모와 방언으로 대화한다. 하지만 스위스 독일어는 그러한 '방언'과 다르다. 무척 오래전 일인데 스위스 작가 아돌프 무슈크Adolf Muschg가 옛날에 스위스 취리히 공과대학에서 문학을 가르쳤을 때 초대를 받아 낭독회에 갔다. 거기서 무슈크가 다른 교수와 스위스 독일어로 대화하는 것을 듣고 음 그런가, 하고 납득이 갔던 때를 아직도 기억한다. 독일 대학이라면 같은 지역에서 온 교수들이 그 지역 방언으로 대화하는 일은 절대 없다.

한 스위스인이 쓴 논문을 읽었더니 다음과 같이 쓰여 있었다. "스위스 말로 자연과학과 정치경제 이야기를 자유롭게 할 수 있을까?" 하며 바보 같은 것을 묻는 사람이 있는데 그야 당연하지 않냐고. 스위스 독일어는 사용 범위가 개인 생활에 한정되지 않고 정치도 학문도 논할 수 있는 언어다. 무엇보다 독일을 향해 자기주장을 할 수 있는 언어다.

한편, 스위스 독일어는 독일어이기에, 같은 스위스에서도 독일어권 지역과 프랑스어권 지역 사이, 독일어권 지역과 이탈리아어권 지역 사이에 벽이 있다. 이를테면 바젤이나 취리히에서 문학 축제가 열리면 모이는 사람은 독일어권 지역의 스위스인뿐이고 프랑스어권 지역의 스위스인은 파리로 간다. 여러 언어로 쓰인 문학을 좀처럼 하나의 '스위스문학'으로 취급하지 않아 스위스는 국내에도 문학의 국경이 몇 개 있는 셈이다. 물론 문학 외에도 보수적이고 경제적으로 부유한 독일어권 지역의 스위스와 다른 언어권 지역 사이에는 보이지 않는 벽이 있다. 독일어권 지역의 스위스인이 반대해서 스위스가 유럽공동체에 가입하지 못했을 때, 프랑스어권 지역의 사람들이 항의의 뜻으로 의자를 잔뜩 가져와 도로에 바리케이드를 만들어 보이지 않는 스위스 내의 국경을 일시적으로 보이게 했다. 독일어권 지역의 스위스 사람들은 독립중립국인 채로 경제적으로 단물을 더 마시려고 하고 프랑스어권 지역의 스위스 사람들은 프랑스에 자유롭게 취직했으면 한다. 덧붙이면 스위스 프랑스어는 프랑스 사람이 들어도 그다지 다르지 않다고 한다.

바젤은 굉장히 살기 좋은 곳이었다. 독일에 사는 '외국인'은 인구의 약 10%라고 하는데 스위스는 그보다 많다. 도시에서도 인도계 청년, 아프리카계 청년과 자주 마주친다. 내 느낌일지 모르지만 무척 편안해 보였다. 독일에 있는 어떤 긴장감이 없다. 네오나치 분위기를 풍기는 사람도 보이지 않고 도시 사람은 외부에서 온 사람에게서 조금도 위협을 느끼지 않는 분위기였다. 그런 의미에서 기분 좋게 머물 수 있다. 그렇지만 전철을 기다릴 때 옆에 서서 이야기하는 사람의 독일어에 귀를 기울여도 스위스 말이기에 무슨 이야기를 하는지 전혀 알 수 없다. 세계에 대해서는 열려 있고 유럽에 대해서는 닫혀 있는 바젤의 두 얼굴 사이에서 나는 종종 어리둥절했다.

서울
강요받은 엑소포니

2001년 3월에 주한 독일문화원의 초청으로 서울에 갔다. 독일 외에 독일문학 연구자가 가장 많은 나라가 한국이라고 불릴 정도로 독일에 대한 한국의 관심은 높다. 최근에는 그 관심이 엷어지는 경향이 있다는 이야기도 듣는다.

나 말고도 자비네 숄을 비롯해 여러 작가와 연구자가 독일, 스위스, 오스트리아에서 왔다. '트랜스컬처'라는 주제로 낭독회, 심포지엄, 강연, 학생들과 하는 워크숍 등이 며칠 동안 열렸다.

나는 동유럽이나 미국에 있는 독일의 문화기관이 나를 독일어 작가로서 초대하면 무턱대고 기뻐하며 가는데 서울은 한 번 거절했다. 가고 싶긴 한데, 한국 측에서 모처럼 독일에서 작가가 온다고 기뻐하다가 막상 일본인이면 실망하지 않을까 하고 걱정했던 것이다. 그렇지만 예상은 보기 좋게 빗나갔다. 한국의 독일문학 연구자, 작가, 작곡가, 학생들은 열성적으로 대화를 하고자 했다. 사용한 언어는 주로 독일어였는데 독일어를 소리 내는 신체 감각이 달랐다. 들는 사람의 신체가 구체적인 따뜻함을 느끼게 된다. 머리를 맞대고 토론을 할 때, 같이 밥을 먹을 때, 회장으로 이동할 때, 버스를 기다릴 때, 몸과 마음과 머리가 같은 곳에서 시간을 나누어 가지는 것은 이런 느낌인가 하고 감동을 받았다. 일정을 다 마치고 서울을 떠날 즈음엔 이별의 아픔까지 느꼈다. 일로 외국에 갈 땐 아무리 멋있는 곳이라 해도 이별의 슬픔은 느끼지 않는 나에게 한국은 유일한 예외였다.

토론 때 토론자 중 한 사람인 박완서 작가에게 청중석에 있던 한 학생이 물었다. "영향을 받은 외국 작가는 누구인가요?" 박완서 작가는 도스토옙스키, 발자크를 필두로 유럽 작가 몇 명의 이름을 말했다. 그러자 그 학생은 이해가 가지 않는 듯한 얼굴로 한 번 더 손을 들고 물었다. "일본문학은 전혀 읽지 않으셨나요?" 이번엔 박완서 작가가 놀란 얼굴로 대답했다. "외국 작가 중에서 영향을 받은 사람이 누구인지 묻지 않았나요? 일본문학이 외국문학이라는 발상은 우리 세대에 없어요. 우리는 젊었을 때 일본어 읽기를 강요받고 한국어 읽기는 허용되지 않았어요. 그래서 도스토옙스키 같은 유럽문학도 전부 일본어 번역으로 읽었습니다."

언제나 모어 바깥으로 나가는 즐거움을 말하는 내가 일본인 때문에 엑소포니를 강요받은 역사가 있는 나라에 가면, 엑소포니란 말에 갑자기 어두운 그림자가 드리워진다.

모어 바깥으로 나가길 강요한 책임이 분명히 처리되기 전
에는 확실히 엑소포니의 기쁨을 설명하기가 불가능하다.

중국이라는 문화적 거인과 일본이라는 침략국가 사이
에서 한국은 필사적으로 자기 언어의 순수성을 찾지 않았
을까 하는 인상을 받았다. 배제하는 대상은 일본어만이 아
니다. 한자도 배제했다. "한자를 쓰지 않고 한글만 쓰면 옛
날 책도 학술서도 읽을 수 없고 불편하지 않아요?"라는 내
질문에 한 학생은 대답했다. "그래도 중국문화의 영향이 너
무 커서 한자를 쓰지 말아야 해요." 그렇다. 한자를 쓰면 중
국문화의 거대한 우산 밑에서 나올 수가 없다.

나는 망설였다. 언어의 순수함, 문화의 순수함 같은 건
없다고, 그것은 자기가 자기를 속이는 것이라고 생각한다.
일본어에도 한자어와 가타가나가 너무 많다. 되는 대로 무
책임하게 방치하면 언어가 자유롭게 변신할지 어떨지 자신
이 없다. 대개 외래어는 멋대로 들어오는 것이 아니라 누군
가가 의식적으로 들여온다. 그들의 얼굴은 보이지 않는다.
만약 외래어를 통제하는 움직임이 생긴다면 나는 찬성할
까, 반대할까. 통제는 좋지 않다고 생각한다. 하지만 프랑스
어 같은 경우엔 영어에서 온 외래어가 증가하지 않도록 통
제한다고 한다. 그에 비하면 일본어란 언어는 충동구매 때
문에 좁아지고 혼란스러워진 아파트의 방처럼 불필요한 외

래어가 가득하다. 필요하지 않은 건 사지 않는 편이 좋지 않은가. "멋있는 성인 여성을 타깃으로 한 라이프스타일 토탈 브랜드로 지난 시즌에 데뷔하고 컬렉션 2회째가 되는 올해는, 마루노우치에 있는 새로 오픈한 숍에서 컬렉션을 개최. 블랙 양가죽 셔츠, 샤프한 벨벳 슈트와 코트, 옷깃이 넓고 드레이프가 풍성한 드레스 등 질 좋은 소재를 사용한 심플하고 우아한 스타일을 발표했다" 같은 문장이 아무렇지 않게 흘러넘친다. 가타가나가 가장 많이 들어간 말은 상품명과 그것을 장식하는 형용사다. 내용물을 모르는 외래 상품을 고마워하는 소비자의 어리석음을 이용해 신제품을 팔려고 외래어를 쓰고 있다고밖에 생각되지 않는다. '즈봉'ズボン, 바지 같은 단어는 모처럼 오랫동안 써서, '즈보라'ずぼら, 흐리터분하다나 '슷폰'すっぽん, 자라 비슷한 오래된 느낌의 발음이 재미있게 들리기 시작하는데, 이를 멋대로 '팬츠'로 바꿔 부른다. 백화점 점포에서 그런 말을 쓰는 것은 자기 마음이지만 이젠 소설에서까지 그렇게 쓰지 않으면 이상하게 됐다. 백화점 방침을 왜 소설가기 따라야 하는가.

　일본 작가 중에서 가타가나를 의식적으로 쓰는 사람은 도미오카 다에코富岡多惠子가 아닐까. 보통 가타가나로 쓰지 는 말을 일부러 가타가나로 써서 해체를 한다. '말'은 가타가나로 쓰이면 무거움에서 해방되고 기이함이 증폭되고 주

술적 양상을 띤다. 예를 들어 『파도치는 땅』波うつ土地(1983)이
란 소설을 봐도, '착실하다'カタギ, 가타기를 가타가나로 쓰니 구
속에서 해방되고, '퉁명스럽다'ツッケンドン, 춋켄돈는 의태어로 바
뀐 것 같아 재미있고, '멋있다'ステキ, 스테키나 '좋아해'スキヨ, 스키요
같은 평범한 속어는 특별하게 무대에 올라 노래를 부르고,
가타가나의 '머리'アタマ, 아타마, '넓적다리'フトモモ, 후토모모, '편도선'
ヘントーセン, 헨토센을 가진 인간은 안드로이드 같기도 하고 살아
있는 인간 같기도 하다. 외래 물건을 고마워하는 가타가나
가 아니라 옛날부터 있었지만 죽어가는 말에 생명을 불어
넣는 가타가나다. 이 소설을 읽고 나는 소설을 쓸 때 외래어
가 불쾌하다고 가타가나를 배제하는 전략을 취해선 안 된
다고, 오히려 가타가나의 가능성을 최대한 발견해야 한다
고 생각했다.

　글자만 말하자면 이제 한자와 가타가나만 텍스트의 외
래 부품인 건 아니다. 미즈무라 미나에水村美苗의 『사소설』私小
說 from left to right(1995)처럼 알파벳을 병용해 쓴 소설도 등장했다.
보통 일본어로만 쓰는 소설도 CD, T셔츠는 알파벳을 사용
하지 않으면 쓸 수가 없다. 의식적으로 알파벳을 도입하는
것은 의의가 있지만 나는 CD, T셔츠처럼 별 의미 없는 것
을 알파벳으로 쓰는 것에 굉장한 거부감을 느낀다. 그건 아
마도 내가 독일에 살기 때문일 수도 있다. 친구가 내가 쓴

일본어 책을 봤을 때 아무런 중요성도 없는 이 단어들이 유일하게 읽을 수 있는 글자로 두드러져 보이는 것을 원치 않는다. 그들의 눈은 내 눈이기도 하다. 그래서 내 소설의 등장인물은 이제 T셔츠를 입을 수 없고 CD도 들을 수 없다. 불편하긴 하다. 아니면 반대로 알파벳을 더 많이 도입하는 방법도 있다. 그러면 CD, T셔츠만 눈에 띨 걱정도 없을 것이다.

만약 일본이 한국에 정치적 범죄를 저지르지 않았다면, 또는 적어도 그 책임을 졌다면 언어 자체에 더욱 중점을 둔 언어 교류가 가능했을 것이라고 생각한다. 지금 상태로는 한국에 관해 쓰기가 어렵다. 일본과 관계가 얕은 나라일수록 자유롭게 글을 쓸 수 있었다. 그래서 쓰지 못한 채 있었던 이 책이, 세네갈을 쓰기 시작했을 때 급격히 진도가 나갔을 테다. 무책임이란 건 좋지 않은데 나는 세네갈을 무책임하게 썼다. 한국에는 책임을 느끼고 무얼 써도 자기기만처럼 느껴진다. 언어 문제에 한하지 않는다. 만약 한국의 인상이 어떤지 묻는다면 나는 한국에서 사람들의 따뜻함과 지적 호기심을 어느 곳보다 강하게 느꼈다고 솔직하게 말할 것 같다. 어떤 일본인이 다른 아시아 나라에 가서 경솔하게 '따뜻하다', '살아 있다'라고 느꼈다고 쓴 걸 보면 쓴웃음이 나왔다. 그러면서 정신이 드니 나도 같은 말을 하고 있다.

  2002년 6월에 트리어대학에서 '독일 매체의 터키인 이
미지와 일본 매체의 아시아인 이미지의 비교'라는 주제로
심포지엄이 열렸다. 최근 일본 티브이에 일본 이외의 아시
아 나라 사람이 자주 등장하는데, 그들에게 '지금 일본인이
잃어버린 따뜻함과 생명력을 아직 가지고 있는 사람들', '가
족의 끈과 우정을 소중히 하는 사람들'이라는 이상적 이미
지를 덧씌우고 있다는 것을, 발표를 듣고 알았다. 반면 일상
생활에서는 일본에 있는 많은 아시아계 외국인이 불법 입
국한 소매치기나 마피아라는 편견이 만연하다. 이상적 이
미지와 공포나 경멸의 대상으로 왜곡된 이미지는 모두 편
견이라는 메달의 양면이다. 메달을 건 챔피언에게 굉장히
폐가 되는 일이다.

  유럽도 오래전부터 유럽 문명 밖에 있는 인간, 소위 '야
만인'에게는, 잔혹하고 무서운 이미지와 순진하고 사랑스러
운 사람들이라는 이미지가 평행으로 있었다. 그리고 자신
들은 어느 쪽도 아님을 확인하고 '문명인'의 도장을 스스로
에게 찍는다. 지금 일본인이 그와 비슷한 행동을 하고 있지
는 않은가. 다른 아시아인을 '일찍이 자신들이 가지고 있었
던 따뜻한 인간미를 아직 가지고 있는 뒤처진 사람들'로 단
정 지으며 사실은 자신들이 차가운 선진국 인간이 됐음을
확인하고 싶을 뿐인 건 아닌가. 나아가 자신들이 했던 식민

지 침략, 파괴, 살해의 사실을 인정하는 대신 그들의 '따뜻한 인간성'을 인정하는 것으로 슬며시 죄의식을 진정시키고 있지는 않은가.

이별의 날, 서울의 공항 게시판에는 도쿄행 비행기의 편명과 시간을 알리는 표시가 있었다. 일본에 들를 시간이 없어서 그걸 슬쩍 쳐다보며 파리행 비행기에 탑승했을 때, 도쿄에 갈 수 없는 쓸쓸함과 도쿄에 가지 않아도 되는 안도감이 미묘하게 섞여 있었다.

빈
이주자의 언어를 배척하다

오스트리아에 가면 작가로서 귀중한 대접을 받아 기분이 좋다. 더욱이 일본처럼 '책이 잘 팔리는 대단한 선생님'이란 발상이 아니라 안 팔릴수록 대단하다는 발상이다. 하지만 이것은 문화계 사람들과 있을 때의 이야기고 한 걸음 더 밖으로 나가면 또 다르다.

　어느 날 기분 좋게 빈 미술사 박물관을 나오니 카메라 건전지가 다 닳아 있었다. 건전지를 새로 사려고 순환도로를 건너다가 발목을 삐어 넘어졌다. 신호등 초록불이 바뀌려는 찰나에 허둥대며 달리지 말아야 했다. 그 순간에 차가 오지 않은 게 다행이었다. 발목 염좌인 듯 아픈 발을 끌고 풀밭과 인접한 길에 놓인 벤치에 앉았다. 불쑥 벤치를 보니 나치 독일이 사용했던 국기가 낙서로 가득했다. 하필 거기에 앉은 내가 비참했지만 달리 벤치도 없고 발목이 아파 걷지도 못할 것 같아 그곳에 꼼짝없이 있어야 했다. 이건 풍자화인가. 나치 국기가 그려진 벤치에 앉아 있는 것은 내가 나치 동맹국에서 온 사람이기 때문인가, 아니면 지금 오스트리아에서 박해받는 위치에 있는 비非아리아인의 얼굴을 하고 있기 때문인가. 아니면 이제는 박해받을 수 있는 위치에 있으니 박해하는 쪽에 있을 때의 숨 막힘이 조금은 없어졌다는 뜻인가. 어쨌든 비참한 풍자화였다.

몇 년 전부터 유럽 몇몇 나라에서 극우정당이 이주자를 배척하는 정책으로 표를 얻는 현상이 나타나고 있다. 이 경향은 썰물과 밀물처럼 빠졌는가 하면 다시 차올라, 해안선이 점점 가깝게 다가오고 있지 않나 생각되기도 한다. 오스트리아도 그중 한 나라다. 2002년에 '3월의 문학' 축제에 초대받아 1년 만에 빈에 갔을 때에도 이민법이 화제였다. 오스트리아에 온 지 몇 년이 지난 외국인에게는 독일어 시험을 강제적으로 보게 해 시험에 떨어진 사람은 국외 추방을 한다는, 역사상 들어본 적이 없는 이민법이었다. 얼핏 들으면 언어를 존중하는 올바른 정책인 것 같다. 그러나 외국에 일하러 온 외국인은 어학에 상당한 관심이 없는 한, 바빠서 좀체 어학 공부 따위 할 시간이 없다. 독일은 일자리가 없는 망명자나 난민은 처음 몇 달간 나랏돈으로 어학교에 다닐 권리가 있다. 하나의 권리로 어학을 공부하는 건 좋은 일이라고 생각한다. 어학이 의무인 것도 뭐 괜찮다. 하지만 시험에서 떨어지면 쫓아내는 정책은 외국인 추방 정책의 가면일 뿐이다. 엑소포니는 이주자의 권리이긴 해도 의무는 아니다. 특히 정치적 이유로 망명을 해야 했던 사람에게 모어를 버리고 다른 말을 쓰라고 강제하는 것은 이상하다. 망명자를 받아들이는 것은 그들의 언어도 받아들이는 것이라고 생각한다.

그뿐 아니라 더 심각한 문제가 이 정책의 근저에 흐르고 있다. '옳지 않은' 모어를 배제하는 발상이다. 외르크 하이더 Jörg Haider라는 정치인이 대표적인데, 이 오스트리아의 보수주의자는 현대예술을 서민에게 쓸모없는 퇴폐예술이라며 배척한다. 나치의 문화 정책과 똑같다. 특히 오스트리아는 실험문학이 왕성한데, 그 문학가들의 과격함과 '보통' 사람들이 가진 예술관의 차이가 독일보다 큰 것 같다. 독일은 문학가도 문학가가 아닌 사람도 전쟁 책임에 관한 정치의식이 깊다. 그래서 오스트리아처럼 실험문학이 왕성하진 않지만, 조금 어려운 현대문학도 읽을 수 있는 독자층이 넓다.

매번 오스트리아에 갈 때마다 피부로 느끼는데 시인은 다른 시민과 무관하게 '튄다'. 나도 한 해 최소한 두 번은 오스트리아에 가는데, 낭독회에서 보통의 상식으로는 이해할 수 없는 산문시 같은 텍스트를 한 시간 정도 계속 읽어도 불만이 없다. 애초부터 낭독회에 그런 시를 듣고 싶은 사람만 온다. 독일이라면 독자층이 넓어 여러 사람이 오기 때문에, 그런 시만 읽으면 "그런 꿈같은 소리만 써서 지금 일어나는 전쟁을 어떻게 막겠다는 말인가요?"나 "동시다발로 일어나는 테러에 문학은 어떻게 대답해야 하나요?" 같은 질문이 나온다. 이러한 독일인의 정치 중심주의에 질려서 오스트리아가 그리울 때도 있다. 하지만 일본에 있는 한 독일문학 연구자 이야기로는 지금 오스트리아가 1930년대의 독일과 비슷하게 위험한 상황이라고 한다. 1930년대의 독일예술을 보면 지금보다 훨씬 전위적이고 재미있는 부분이 꽤 있다. 하지만 정치는 파시즘으로 돌진했고 파시즘을 막아내지 못했다.

얼마 전에 에른스트 얀들Ernst Jandl이 쓰고 1977년에 제작한 라디오 드라마 〈휴머니스트들〉Die Humanisten(1976)을 들었다. 얀들은 2000년 6월에 74세로 세상을 떠난 오스트리아 시인으로 말놀이의 일인자였다. 얀들만큼 낭독회에 많은 사람이 모이는 작가나 시인이 없었다. 대체로 순수문학 낭독회라면 보통 30명에서 50명이 오고 특별한 축제가 있으면 100명 정도가 오는데, 얀들은 항상 300석은 갖추지 않으면 자리가 모자란다고 한다. 얀들의 작품은 그 정도로 사람의 귀를 기쁘게 해주는 것이었다.

〈휴머니스트들〉은 이주노동자가 쓰는 독일어를 떠올리게 하는 문장을 일부러 늘어놓고 그 표현의 가능성과, 그 독일어를 '나쁜 독일어'라며 억압하는 사람의 섬뜩한 언어 파시즘을 두드러지게 보여준다. 이주노동자의 언어가 좋다는 말이 아니다. 언어는 허물어질 때만 새로운 생명을 얻을 수 있음을, 또 그 허무는 방식을 역사의 우연에만 맡길 수 없음을, 예술은 예술적으로 허물어야 함을 이 드라마는 가르쳐준다. 말놀이는 한가한 사람의 시간 보내기라고 여기기도 하지만 말놀이야말로 막다른 곳에 있는 사람, 박해받는 사람이 적극적으로 쥘 수 있는 표현의 가능성이다.

함부르크
목소리를 찾아서

나는 항상 다른 나라 도시에 나가 있느라 함부르크 집에 있는 시간이 그다지 없다. 원고는 전철 안이나 호텔에서 쓴다. 가끔 열흘 정도 집에 계속 머무르면 집에 있으니 참 좋구나 하고 절절히 느낀다. 함부르크가 유럽에서 특히 재미있는 도시냐고 묻는다면 대답하기 곤란하다. 베를린이 더 재미있는 건 확실하다. 그래도 함부르크가 내게 특별한 도시인 건 틀림없다. 일본을 떠나 독일에 왔던 1982년부터 계속 살고 있어서 길을 걸어도 회사 다녔던 시절, 학생 시절 등 많은 시절의 추억이 교차해 "살고 있구나" 하는 실감이 난다. 최근에는 나처럼 도시에서 도시로 이동하며 사는 사람이 늘었다. 그렇게 이동하며 사는 사람들을 대상으로 한 설문 조사가 잡지에 실렸다. "자기가 사는 도시는 어떤 도시인가요?"라는 질문에 "내가 아는 치과의사와 이발사가 있는 도시"라고 대답한 사람이 있었다. "내 자전거를 세워 둔 도시"라고 대답한 사람도 있었다. 정말 그렇다.

집에 있을 때는 오전에 원고를 쓰고 오후에는 산책을 나

가 볼일을 보곤 한다. 멍하니 라디오나 시디를 들을 때도 있
다. 음악보다 문학 녹음을 들을 때가 더 많을지도 모르겠다.

　최근에는 시디를 많이 놓아둔 서점이 늘었다. 고전문학
을 낭독한 카세트테이프뿐 아니라 연설하듯 읊는 시 낭독,
드라마, 작가의 자기 작품 낭독, 작가와 음악가가 함께 한
공연 등 여러 종류가 있다. 물론 소리예술 실험은 최근 새로
운 현상은 아니고 플럭서스 운동이 있던 1960년대에 더 활
발히 일어났다. 독일 전위예술가 야프 블롱크Jaap Blonk의 시디
를 들으면 당시 시대의 냄새를 맡을 수 있다.

　블롱크가 낭독한 시디는 1970년대에 녹음한 것이지만
낭독한 시는 오래전 1916년에 독일 작가 후고 발Hugo Ball이
쓴 작품이다. 특히 다다이스트(20세기 초에 일어난 반문명·반합
리 예술운동인 다다이즘에 속한 예술가. _옮긴이 주) 트리스탄 차라
Tristan Tzara의「울부짖다」BRÜLLT란 작품을 낭독한 것이 압권이다.
'BRÜLLT'란 단어를 블롱크는 410번 반복한다. 독일어에서
b나 r은 가장 격한 진동과 폭발이 담긴 발음이다. 시디는 처
음부터 목이 상할 것 같은 울부짖는 소리로 시작해, 이제 한
계에 다다르지 않았나 싶지만 아직 끝나지 않았다. 듣는 사
람은 인내의 한계에 달해 빨리 끝나길 바라면서도 무서운
소리를 듣고 싶은 바람으로 스위치를 끄지 못하고 계속 참
는다. 그래도 블롱크는 멈추지 않고 몸이 찢어질 정도로 힘

을 넣고, 이대로 계속하면 죽지 않을까 싶어도 낭독은 아직 끝나지 않았다. 목소리를 내는 것이 이렇게 무시무시한 것이었나 새삼 감탄한다. 평상시 '외치다', '부르짖다', '소리 지르다'란 단어를 아무 생각 없이 평평하게 발음하는 내가 우습게 느껴진다.

이렇게 격렬한 낭독도 재미있지만, 현대는 현대이고, 조용하면서도 굉장히 인상 깊은 낭독이 있다. 잉에르 크리스텐센이 자기 시를 낭독한 시디를 들으면 마법에 걸린 기분이다. 또 시인 바르바라 쾰러Barbara Köhler와 오스카 파스티오르Oskar Pastior가 낭독한 시디도 뛰어나진 않지만 말놀이가 소리로 또렷이 나타나고 문자로 읽을 때와는 또 다른 그림이 떠오른다.

시가 소리가 되면 주술, 기도, 대화, 연극, 연설, 가요 등 여러 세계와 교차한다. 스피커에서 들려오는 많은 목소리, 많은 언어에 귀를 기울이면 때때로 '원어민 선생님'이란 말이 떠오른다.

일본 중고등학교 영어 수업에서 가끔 "원어민 선생님의 발음을 들어봅시다"란 말을 들었다. 이때 원어민 선생님의 목소리는 반드시 녹음기로 들었다. 원어민 스피커(말하는 사람)는 기계 스피커였다. 그런 탓인지 나는 지금도 기계에서 들리는 목소리를 멀리서 온 사람의 신비로운 목소리처럼 느낀다. 기계 성능은 나쁠수록 좋다. 지지직대는 잡음의 건너편에서 끊어지듯이 들리는 소리가 좋다.

문법은 글자로 배우고 목소리는 회화 연습을 할 때만 필요하다는 고정관념이 있었는데 지금은 그렇지 않은 것 같다. 문법도 목소리와 깊은 관계가 있다. 어린이는 글자를 배우기 전에 문법을 배운다. 리듬으로 문법을 익힌다. 어린이는 어순, 분리동사, 관사 같은 문법 요소를 음악으로 느낄 수 있는 듯하다. 어른이 되어도 어느 정도는 느낄 수 있다. 여기에 8분음표가 들어갈 장소가 아직 있으니 어떤 전치사가 들어가지 않으면 리듬이 안 맞는다는 느낌이 분명히 있다고 생각한다.

내가 예전에 독일어 es(영어 it에 해당한다)란 단어가 묘하다고 쓴 에세이를 읽고 스웨덴에 거주하는 한 언어학자가 자기가 쓴 책을 보내줬다. 그 책에는, 가끔 의미론으로는 전혀 설명할 수 없는 이상한 es의 사용법이 있다, 의미만 따라가며 문장을 만들면 이따금 공백이 생겨버린다, 하지만 쉼표를 넣을 수도 없기 때문에 es를 넣을 때가 있다고 쓰여 있었다. 나는 이 설명이 너무 간략하다고 생각하고, 언어학에서 보면 반론도 있을 것 같지만, '여기에 한 단어가 들어가지 않으면 무너진다'라는 문법 감각은 개인의 체험으로 알 것 같다.

그렇다면 어린이는 물론이고 어른도 소리 내어 텍스트를 읽으면 어느 정도 문법을 '몸으로 익히는' 것이 가능하다는 말이 된다.

또 하나, 음악 같은 문법에서 중요한 것은 감정이다. 나는 기억력이 약해 옛날부터 새로운 단어를 잘 기억하지 못해 고생했다. 하지만 입으로 말하는 순간에 내 안에서 감정이 움직였을 때는 바로 기억할 수 있었다. 매우 화가 나 입으로 뱉은 단어는 평생 잊지 않는다. 듣고 너무나 기뻤던 말 속의 단어도 잊지 않는다. 마음이 움직이면 단어가 기억에 확실하게 각인된다. 어린이는 감정의 기복이 심하고 불만을 가라앉히는 방법을 잘 몰라 무언가를 원할 때는 간절히 원하고 슬프면 바로 울어버린다. 감정이 격하게 움직이는 것은 언어를 배울 때 유리할지 모른다.

일본어를 예로 들자면 동사에 테て를 붙이는 형태는 논리로 기억하기 어렵다. 일본어를 가르칠 때 학생이 힘들어했던 일이 기억난다. '가쿠'書く, 쓰다가 '가이테'書いて, 써서가 되고 '가우'買う, 사다는 '갓테'買って, 사서가 된다. 이 어려운 동사의 변형을 어째서 작은 어린이가 익힐 수 있는지 이상한 일이지만, 잘 생각해보면 '테'て는 조를 때의 '테'て와 모양이 같아서 어린이는 연습 기회가 많다. 게다가 생생한 욕망과도 접점이 있다. "있잖아, 이거 사줘買って, 갓테!", "저거 해줘やって, 얏테!"

처럼 계속 조르면서 익히는 것이리라. 기본형을 변형하는 것이 아니라 '테'가 붙은 동사의 형태를 몽땅 그대로 익힌다. 그리고 그 조를 때의 '테'가 몇 년이 지나서 접속의 뜻으로 쓰일 때에도 무심결에 유아 때의 멜로디로 나온다. 여학생(남학생도 포함)이 쓰는 말, "그러니까 그 옷을 사서買ってぇ,갓테 입어봤더니着てみてぇ,기테미테, 마음에 안 들어서氣に入らなくて,기니이라나쿠테 또 가게에 가서戾ってぇ,모돗테"처럼 어릴 때의 '테'는 수다 떨 때의 억양의 유래일 수 있다.

집에 있을 땐 밤에 라디오를 자주 듣는다. 티브이는 한 달에 한 번 정도밖에 보지 않는데 티브이 영상이 영화에 비해 참기 힘들 만큼 하찮기 때문만은 아니다. 하는 말들이, 괜히 카펫을 들어 털털 털기만 해 먼지가 일고, 방정맞은 것치고는 조금도 자극이 없기 때문이다.

국영방송 라디오는 프로그램이 충실하다. 드라마, 다큐멘터리, 문학평론, 연극평론, 전시회 소개 프로그램도 있고, 다음 날 나올 여러 신문(프랑스 신문, 이탈리아 신문도 포함)이 같은 사건을 어떻게 썼는지 짤막하게 비교·소개하는 프로그램도 있다. 또 문학 낭독 프로그램, 현대음악가를 인터뷰하고 작품을 소개하는 프로그램 등 여러 가지가 있다. 내가 가장 좋아하는 방송국은 '라디오 도이츠' 채널의 베를린 지국. 예전엔 독일 북부 방송도 좋았는데 최근에는 예산이 줄었는지 내용이 얕아졌고 눈가림처럼 시디만 트는 경향이 강해졌다. 독일은 라디오가 문학에 기여하는 부분이 크다.

시나 소설을 읽을 땐 언어를 듣고 그림을 떠올리는 능력이 필요하다. 그림을 떠올리게 하는 언어의 힘을 청각으로 최대한 끌어내는 것이 라디오 문화가 아닐까. 그래서 책 읽기를 좋아하는 사람은 라디오 듣기를 좋아하고 티브이를 싫어하는 경우가 많다.

내가 함부르크에 온 건 1982년인데 그때 내 귀는 지금과 달랐다고 생각한다. 독일어는 이미 일본에서 공부했지만 듣기 능력은 형편없었다. 사전을 찾아가며 꽤 어려운 책도 읽었고 문법도 단어도 알기에, 이쪽이 하고 싶은 말은 하지만 상대가 하는 말을 알아들을 수 없다. 갓난아이와 정반대다. 갓난아이는 책을 못 읽고 말도 못 하지만 사람이 하는 말은 상당히 알아듣는다. 내가 스스로 일방적으로 만든 문장은 문법에 맞더라도 논리로 구성했으므로 음악적 흐름은 없었다. 머지않아 점점 상대가 하는 말이 술술 귀에 들어오게 됐다. 그것은 개별 단어와 문장을 알아듣는 것 외에도 전체 흐름을 음악적으로 들을 수 있게 된 것이리라.

이를테면 목소리가 아직 높다면 문장이 끝난 게 아니다. 단순한 멜로디 문제다. 더불어 의미 단락도 리듬으로 알게 된다. 주문장은 주문장의 멜로디가 있고 부문장은 부문장의 멜로디가 있다. 한 문장 안에 강하고 천천히 발음하는 단어가 반드시 있으며 그것이 의미의 중심을 이룬다. 다른 단어는 약하고 빠른 걸음으로 지나간다. 즉 문장의 구조가 문장의 멜로디 안에 어느 정도 나타난다. 그것을 음악적으로 들을 수 있는 것은 설계도를 들고 큰 건물 안을 걷는 것과 같다.

모어 바깥으로 나가는 건 이질적 음악에 몸을 맡기는 것이 아닐까. 엑소포니는 새로운 교향곡에 귀를 기울이는 것이다.

긴 세월 그 장소에 살고 대화를 거듭하다 보면 소위 원어민과 말하는 방식이 닮게 되고 '사투리'가 없어진다(여기서 말하는 사투리는 지역 방언이라기보다는 원어민과 다른, 이주자의 독특한 말하기 방식을 뜻한다. _옮긴이 주). 그러나 사투리를 없애는 것이 어학의 목적은 아니다. 오히려 사투리가 얼마나 귀중한지 잊지 않는 것이 중요하다. 사회언어학자 다나카 가쓰히코田中克彦는 『크레올어와 일본어』クレオール語と日本語(1999)에서 "발음뿐 아니라 생각의 사투리가 없다면 그 사람은 프랑스어를 공부할 이유가 없죠. 또 '사투리를 쓰는 것'이 적게나마 세계 사상과 인류 문화에 공헌하는 방법입니다"라며 '사투리'의 중요성을 강조했다.

얼마 전에 함부르크로 돌아오는 기차에서 창문이 열려

있었는데 여름인데도 불어오는 바람이 차가웠다. 옆 사람이 닿을까요, 하고 말을 걸어 그걸 계기로 날씨에 대해 가볍게 이야기를 주고받았다. 그 사람이 "당신은 사투리가 전혀 없네요" 하고 감탄하며 말하기에 나는 쓴웃음을 지었다. 아무 의미 없는 대화를 아무 상관도 없는 사람과 하면 사투리가 사라진다. 하지만 머리로 생각해서 진지하게 뭔가 말하려고 하면 사투리가 나온다. 내가 쓴 시나 산문을 낭독하면 사투리가 리듬의 중요한 구성 요소가 된다.

문학을 쓰는 건 항상 귀에 들어오는 말을 이어 붙여서 계속 똑같이 쓰는 것과 반대다. 언어가 어디까지 가능한지 극한까지 가보는 것이다. 그러면 기억의 흔적이 활성화되어 모어의 오래된 층이 지금 쓰는 언어를 변형한다.

그래서 내가 바로 이것이다 싶은 독일어 리듬을 찾아 문장을 만들고 낭독하는 독일어는 소위 자연스러운 일상 독일어와 거리가 있다. 하나의 독일어로 들으면 굉장히 알아듣기 쉽다는 말을 자주 듣지만 어딘가 '평범'하진 않다. 무엇보다 그 독일어는 나라는 한 개체가 이 다언어 세계에서 흡수한 소리의 축적이다. 여기서 사투리나 개인의 말투를 없애는 것은 아무런 의미가 없다. 오히려 현대의 인간은 복수 언어가 서로 변형을 가하면서 공존하는 장소이며 그 공존과 일그러진 언어를 없애는 것은 무의미하다. 사투리가 어떤 결과를 맺는지 끝까지 찾아내는 것에 문학 창작의 의의가 있을 것이다.

함부르크에서 반년 정도, 한 발음 전문가에게 가르침을 받아 내 발음을 분석한 적이 있다. 이 전문가는 방언이 강한 배우가 방언을 쓰고 싶을 때만 쓸 수 있도록 훈련시키는 일을 한다. 우선 발음 습관을 철저히 분석한다. 예를 들면 나는 전체적으로 발음이 평탄하고 강약이 분명치 않으며 하나의 단어를 강하게 말하려고 할 때 강하게 말하는 대신 억양을 높게 한다. 일본어가 제1언어인 사람은 대체로 이런 경향이 있다고 생각한다. 영어도 마찬가지인데, 독일어로 '나는 어제 베를린에 갔다'라는 문장을 소리 내어 읽을 때 '베를린'이란 단어를 다른 단어보다 강하게 발음한다(물론 언제 베를린에 갔는지가 중요한 맥락이라면 '어제'를 강조한다). 하지만 강하게 발음하는 건 일본어와 달리 목소리를 높이는 것이 아니다. 강조하는 단어에서 악센트가 있는 음절을 강하고 느리게 읽고 다른 단어는 빠르고 약하게 읽어야 한다. 일본어는 이렇게 읽으면 품위가 없다. 점잖은 일본어는 느긋하게 전부 같은 강세와 같은 속도로 읽어야 한다.

독일어에서 유일하게 내가 선호하고 강조하는 단어는 nicht(영어의 not)다. 이 단어만은 특별할 때를 제외하곤 특히 강조해서 읽어야 한다. nicht는 강하게 읽지 않아도 문장 전체를 뒤집는 단어이므로 자연스럽게 두드러진다. 강하게 말하면 오히려 귀엽다고 한다. 그래도 나에겐 강조하면 쾌감을 느끼는 유일한 단어니 참 유감이다.

이런 나의 '사투리' 특징을 생각해보면 그것은 내 문체의 특징과 떼려야 뗄 수 없는 관계에 있다. 어떤 언어도 똑같이 위계질서 없이 줄줄이 늘어서고 부정의 몸짓만 기쁘게 뛰어오른다. 이 '사투리'는 교정하기보다 적극적으로 갈고닦아야 한다.

내 사투리를 분석해 몇 가지를 알게 됐다. 우선 일본어 '봉야리'ぼんやり의 '보'를 윗입술과 아랫입술 사이의 파열음으로 낼 때 그 힘은 'Buch'의 'b' 파열음보다 훨씬 약하다. 그래서 내가 독일어 b를 말할 때는 폭발이 약하다. 또 일본어 '웅'ん은 목구멍 깊은 곳을 닫고 내는 발음인데 독일어에서 'n'으로 끝나는 단어('ㄴ' 받침으로 발음한다._옮긴이 주)는 목구멍 깊은 곳을 닫는 것만으로 부족하다. 혀로 입천장을 강하게 눌러야 한다. 'u'도 일본어 '우'う보다 입을 훨씬 크게 벌리고 강하게 발음한다. 일본어 '오'お와 가깝다. 똑같이 들리는 소리도 자세히 보면 하나하나가 다르다. 들리는 사람은 들리고 들리지 않는 사람은 들리지 않는다. 이 차이에 귀를 기울이려고 노력한다. 때로는 배우 못지않은 정열을 가지고. 하지만 그것은 내 '사투리'가 나쁘다고 생각해서가 아니다. 내

가 자란 소리체계 환경의 외부에 있는 것을 알고 싶으니까 익숙하지 않은 소리를 혀로 습득하고자 하는 것이다. 상대를 알고 싶은 호기심에서 습득한 외국어 말소리는 '흉내'가 아니라 하나의 학습의 궤적이고 '사투리'와 협연한다. 그리고 그 듀엣의 균형은 틀림없이 불안정하게 항상 변해갈 것이다.

요전에 하노버에서 알게 된 소프라노 오페라 가수는 프로가 된 지 몇 년이 지났지만 자기 발성을 봐주는 선생님 댁에 가끔 간다고 했다. 노래하는 동안 전에는 없던 새로운 습관이 생긴다는 것이다. 나도 소리 내어 말하는 동안 비슷한 경험을 했다. 지금까지 어려움 없이 잘했는데 갑자기 못하게 되거나, 모처럼 새로 배웠는데 비뚤어지고, 도무지 못할 것 같던 걸 어느새 잘하게 될 때가 있다. 특히 두 언어가 머릿속에 있으면 둘 사이의 균형이 안정적이지 않아 입으로 내는 소리의 체계가 끊임없이 바뀌는 것 같다.

게인즈빌
세계문학을 다시 생각하다

2002년 봄에 플로리다 게인즈빌에 있는 플로리다대학에서 강의를 했을 때 "일본에서는 일본문학과 세계문학을 구분하는 것 같아요. 그러한 구분 짓기를 어떻게 생각하세요?"라는 질문이 나왔다. 질문한 사람은 일본을 잘 아는 사람인 것 같다. 나는 일본에 있을 때 문학전집에서처럼, 일본문학전집과 세계문학전집이라는 구분을 조금도 이상하게 생각하지 않았는데 확실히 듣고 보니 이상하다. 이 분류에 따르면 세계의 일부가 일본인 것이 아니라 세계가 일본 밖에 있다는 말이 되어버린다.

독일은 분류법이 조금 다르다. 예를 들면 현대 작가에 대한 정보를 계속 새로운 권으로 추가하는 시리즈 형식의 문학사전Deutsches Literatur-Lexikon이 있는데 그 시리즈는 독일어 문학과 외국어 문학으로 분류했다. 일본과 세계가 아니라 독일어와 외국어로 구분한 점이 일본과 다르다. 독일문학이라고 해버리면 오스트리아나 스위스가 빠지게 되고, 독일어로 글을 쓰는 터키인, 체코인, 그 밖의 많은 사람이 쓰는 문학은 어떻게 되느냐는 문제가 생긴다. 더불어 내가 쓴 소설은 독일어 작품이기도 하고 일본어 작품이기도 하다. 그런 내 작품의 해실을 독일문학자 알브레히트 클로퍼Albrecht Kloepfer와 마쓰나가 미호Matsunaga Miho가 공동으로 써주었다. 내 작품은 어느 사전에 실릴까 궁금해 사전 편집자에게 물어봤더니 양쪽에 다 실을 수밖에 없다는 대답이었다. 모든 경계선은 넘기 위해 있다.

최근 러시아에서 현대 일본문학 작품집이 나왔다. 두 권짜리로, 『그』OH엔 남성작가의 작품을, 『그녀』OHA엔 여성작가의 작품을 실었다. 이것도 일종의 '분류'다. 일본 서점이 이런 분류를 꽤 많이 한다. 내가 함부르크대학에 있었을 때 여성작가와 남성작가는 글쓰기 방식이 다른가 하는 물음이 빈번히 있었기에 옛 생각이 났다. 하지만 러시아에서 나온 작품집은 젠더이론에 따르기보다 백화점에서 남성복/여성복 나누듯이 두 권으로 나눈 게 아닌가 싶을 정도로 디자인을 꾸몄다. 중국에서도 최근에 낸 시리즈 이름이 '중일 여성작가 신작 대계'였다. 문학 분류가 나라에서 성으로 완전히 넘어가면 그것대로 재미있을 텐데, 아무래도 '일본'으로 한정한 뒤 그 밑에 또 '여성'을 추가하여 범위를 정한 것 같다.

젠더는 생물학적 성이 아니기에, 대학 시절에 여성문학은 남성문학과 다르다고 논쟁했지만 얼마 지나지 않아 남성작가도 젠더 측면에서 여성문학이 될 수 있다고 생각이 바뀌었다(그리고 우리는 그때 자기가 좋아하는 작가라면 클라이스트든 누구든 젠더는 모두 여자라고 했다). 그걸로 끝인가 싶더니 이제는 생물학적 성도 완전히 무시할 수 없다는 견해가 강하게 나왔다. 나는 결국 '생물학적 성도 사회적 성도 무시할 수 없지만 어떤 성도 작가를 제한할 수 없다'라는 일반론에 도달했다.

독일에는 이주자 문학이란 장르가 있다. 나도 독일어로 쓴 작품을 말할 때는 이주자 문학 작가로 여겨지고 "이주자 문학 작가란 말을 들으면 어떠세요? 제한되는 느낌이 못마땅하지는 않은가요?" 같은 질문을 인터뷰에서 자주 듣는다. 옛날에는 "여류작가란 말을 들으면 어떤 기분이 드세요?"라고도 물어봤다. 벌써 꽤 오래전부터 '여성작가'란 말이 일반적이 됐다. 어쩌면 젠더는 '성'性보다 '류'流에 가까울 수 있다. '성'은 태어나며 가진 성질이나 숙명을 가리키지만 '류'는 '이런 식으로 삽니다' 같은 행동방식이다. 내키지 않으면 물에 '흘려보내'流 잊어도 된다. '여자는 이러이러해야 한다고 배워서 그런 방식으로 삽니다' 또는 '그래도 역시 그런 방식은 재미없어서 최근엔 다른 식으로 삽니다'처럼, 작품의 특징이 여류가 아니라 여류의 인간이 쓴 작품을 '여류문학'이라고 하면 된다. 여자라서 타고난 성질이나 숙명이 있다고 말하고 싶어 하는 '성'이란 글자는 진의가 약간 수상하다.

독일은 다르지만 북미 대륙은 인종이 많이 문제가 된다. 캐나다의 한 축제에 초대받아 갔더니 'Literature of Colour'라고 쓰인 프로그램이 있어 놀랐다. 색채가 풍부한 문학이란 뜻인가 했더니 '유색인종 문학'이란 뜻으로 그렇게 이름 붙인 것 같다. 아프리카계 캐나다인, 아시아계 캐나다인 작가가 왔고 나도 그 프로그램에 출연했다. 이런 설정이 있는 건 백인과 유색인종의 범주로 파악해야 하는 사회 문제가 존재하기 때문일 텐데, 독일 사회는 다르다. 독일에서 네오나치가 노리는 '외국인'은 러시아에서 돌아온 독일인, 폴란드인, 유대인, 이탈리아인, 스페인인, 옛 유고슬라비아인 등 '백인'이다. 당연히 아프리카에서 온 사람, 터키인, 베트남인을 공격하는 사건도 있지만 '백인'과 '유색인종'으로 나누는 구분은 아메리카 대륙과 달리 현실성이 없다.

더 독특한 문학 분류가 있다. 몇 년 전 베를린에서 성을 주제로 한 문학 축제가 며칠 동안 열렸다. 첫째 날 밤은 '이성애문학'이, 둘째 날 밤은 '동성애문학'이, 셋째 날 밤은 '페티시즘과 사도마조히즘'이, 넷째 날 밤은 '기타 문학'이 열렸는데, 나는 넷째 날에 초대받았다. 아마도 사물에서도, 나무에서도, 문자에서도 아름다움을 찾는 정령숭배자로 '기타 문학'에 초대받은 것 같은데, 그 전날에 회장에 전화를 걸어

"기타라 함은 어떤 사람들을 말합니까?" 하고 물어본 사람
이 있다고 한다.

바이마르
작은 언어, 큰 언어

1999년에 괴테 탄생 250주년 축제가 있어 바이마르에 갔다. 괴테가 사용한 '세계문학'이란 개념을 논의하는 토론이 열리니 오늘날 세계문학이란 무엇인지 의견을 발표해달라고 했다. 그 말을 듣고 내가 우선 염두에 둔 것은 문학 번역이었다. 국민문학의 반대말인 세계문학에는 그다지 흥미가 없었으나 문학이 국경을 넘는 순간 언어가 바뀌는 것에는 흥미가 있어, 나는 지금 시대에 '세계문학'이란 번역문학이 아닌가 하는 의견을 발표했다. 왜냐하면 우리가 접하는 세계문학은 번역문학에 기대고 있기 때문이다. 번역은 그동안 필요악으로 여겨졌고 문학을 말할 때 번역은 제대로 다루지 않았으며 하물며 번역이 문학의 본질과 관련이 있다고는 생각하지 않았다. 나는 세계문학은 우선 번역문학이란 점에서 출발하고 싶었다.

토론자로 참가한 사람은 젊은 현대 독일문학 작가 두어스 그륀바인Durs Gründein과 잉고 슐체Ingo Schulze, 나이지리아에서 영국으로 망명해 현재 런던에 사는 벤 오크리Ben Okri, 역시 중

116

국에서 뉴질랜드로 망명해 현재 런던에 거주하는 양리안楊煉
이었다.

오크리는 "영어로는 진짜 아프리카의 모습을 그릴 수
없지 않나요? 현지 언어로 글을 써야 하지 않나요?"라는 질
문을 질릴 정도로 많이 받았다고 말했다. 나도 참 이상한 질
문이라고 생각했다. 영어도 다른 언어를 흡수하며 나날이
바뀌고 있고, 여러 영어가 있다. 그렇지 않으면 영어로 쓴
글은 영국 생활만 나타내야 한다는 말이 되어버린다. 하나
의 언어가 무엇을 적절하게 표현할 수 있는지는 아무도 정
할 수 없다. 또 '진짜 아프리카'라는 특정한 무언가는 존재
하지 않으며, 아프리카를 어떻게 체험했고 이해했는지 또
어떻게 표현할 수 있는지만 무수히 있을 뿐이다. 독일에서
어느 작가가 '진짜' 독일을 그리냐고 묻는다면 아무도 대답
하지 못할 것이다. 그런데 상대가 개발도상국 사람이면 객
관적 '현실'을 어떻게 다루냐의 문제가 있다고 생각하는 게
이상하다. 글을 쓰는 언어도 글로 쓰일 수 있는 대상도 얼굴
이 무수하게 많다. 물론 아직 발견되지 않은 얼굴도 무수히
많다.

오크리처럼, 아프리카에서 온 작가가 영어로 창작하는
것을 비난하는 말에는 왜 절멸의 위기에 처한 작은 언어를
구하지 않느냐는 책망도 들어 있는 것 같다. 문학은 죽어가

는 언어를 구하는 구급차 역할을 짊어지고 있는 것이다. 어
떤 언어가 점점 쓰이지 않게 되고 잊혀지는 현상은 아주 옛
날부터 있었는데, 그것을 인공호흡으로 무리하게 구하려는
움직임이 최근 반세기 동안 눈에 띄었다. 유럽도 영어가 점
차 세계에 널리 퍼지자 자신들의 통화를 통일해 유럽이라
는 하나의 공동체를 강하게 만들고자 했다. 동시에 작은 언
어를 구하려는 움직임도 점차 눈에 띄었다. 스위스에서는
레토로망스어가, 아일랜드에서는 게일어가 매일 라디오에
서도 들을 수 있게 되었고, 어떤 지역에서는 학교에서도 작
은 언어를 가르치게 되었다.

　　작은 언어를 보호하는 정책에서 중요한 사람은 시인이
다. 시로 쓰이지 않는다면 그 언어는 살아 있다고 말할 수
없다. 한 언어를 쓰는 사람이 줄어들수록 시인의 비율은 늘
어난다고 한다. 작은 언어가 죽어간다고 느끼는 순간 작은
언어를 사용하는 사람은 시인이 되기 때문인지, 아니면 정
부가 시인을 보호하기 때문인지는 알지 못한다. 독일 동부
바우트젠 부근에서 쓰이는 소르브어가 그 좋은 예다. 현재
는 소르브어만 알고 지낼 수는 없기 때문에 모든 사람이 독
일어를 할 수 있지만, 소르브어를 말할 수 있는 사람은 아
마 3천 명 정도가 전부일 것이라고 들었다. 그래도 나는 소
르브어로 시를 쓰는 시인을 지금까지 세 명이나 만났다. 인

구 비율로 확률을 계산하면 미국에서 이미 28만 명의 시인을 만났다 해도 이상하지 않은 셈이다. 덧붙이면 소르브어는 독일 분단 시대에 동독 정부가 굉장히 보호했다고 한다. 동독에 슬라브계 언어가 소수 언어로 있다는 사실이 동독을 대단한 나라로 보여주었기 때문은 아닐까.

작은 언어가 모어인 사람은 시인이 될 확률이 높다. 시의 독자도 마찬가지다. 독일 시인 한스 마그누스 엔첸스베르거Hans Magnus Enzensberger가 언젠가 신문에 썼다. 지금 시대에 시집은 크로아티아어로 출판되든 미국에서 영어로 출판되든 2천 부도 안 팔리는 것은 변함이 없다고. 미국 인구는 크로아티아 인구의 60배쯤 된다. 그렇다면 비율로 따져 크로아티아에서 시집이 엄청 잘 팔린다는 말이다.

그러나 작은 언어로 쓰인 문학은 대부분의 사람이 읽을 수 없으므로 많은 사람이 읽을 수 있는 언어로 번역된다. 소멸하는 어휘, 사고의 리듬, 말투, 그림, 신화가 번역의 형태를 거쳐 큰 언어 속으로 '망명'을 하고 그곳에서 어긋남, 왜곡, 망설임, 흔들림을 일으킨다. 이렇게 문학에 자극을 주는 것이 없다. 그래서 번역문학은 큰 언어가 변신하게 하는 역할을 수행한다.

작은 언어가 모어인 작가가 영어 같은 큰 언어로 창작을 하면 큰 언어 안에서 변화가 일어난다. 그 변화는 좁은 의미의 언어 차원에 머무르지 않는다. 역사를 바라보는 독특한 시각, 마술적인 것을 이해하는 감각기관이 문학 언어 안에 들어온다. 작은 공동체에 속한 사람은 역사를 승리자의 입장에서 바라볼 위험을 피할 수 있다. 또 작은 공동체이기 때문에 산업화 과정에서 시간적·질적 차이가 생기고 마술적 세계가 모습을 바꾸어 언어 안에 드러날 때도 많다.

    벤 오크리와 마찬가지로 지금 런던에 사는, 중국에서 망명한 양리안은 영어로 글을 쓸 의향이 전혀 없다고 말했다. 영국과 미국에 많은, 이주자 문학의 평평한 영어가 참을 수 없다는 것이다. 물론 중국어가 '작은' 언어는 아니다. 양리안이 중국어로 낭독을 하면 언어가 쏴 하고 흘러내렸다. 나는 '황하'黃河란 글자를 떠올렸다. 후에 나이아가라 폭포 근처에서 양리안과 다시 만난 것도 우연은 아니었으리라. 일단 물의 양이 많고 흐름도 세다. 양리안은 중국 고대 시인 굴원屈原을 좋아한다고 한다. 나중에 「천문」天問(굴원이 쓴 장시. _옮긴이 주)을 다시 읽어보고 그 사고의 리듬에 매료됐을 때 이것 같은 시를 영어로 쓰라고 해도 무리일 것이라고 생각했다. 양리안에게 「천문」이 시라면, "이런 시를 한번 영어로 써보면 어때요?"는 당치 않은 말일 테다. 그래도 굴원이 하늘에 물음을 던지는 목소리가 영어 속으로 들어가 독특한 영어의 흐름이 생긴다면 그것도 매력적일 것 같다.

소피아
언어, 그것이 머무는 장소

처음 소피아에 간 것은 2000년 3월이다. 봄을 맞이하여 서로의 건강과 행복을 기원하는 뜻으로, 길을 걷는 사람들의 코트 가슴께와 가로수에는 빨간 끈과 흰 끈으로 엮은 리본이 달려 있었다. 고대 로마사 『타키투스의 역사』Historiae에 나오는 트라키아인과 지나가는 사람들을 서로 겹치며 몽상에 깊이 빠지고 싶은 이상한 분위기가 소피아에는 떠돌고 있었다. 유럽은 프라하나 빈처럼 아름답고 오래된 수도가 많다. 하지만 현대식 생활을 해치지 않고 관광객을 만족시키려는 나머지, 너무 정리된 완성작 같다. 그에 비하면 소피아는 관광객도 거의 없고 생활도 그다지 쾌적하지 않다. 하지만 로마 유적, 비잔틴 교회, 터키 식민지 시대의 이슬람 사원, 내가 좋아하는 러시아 교회, 빈에서 공부한 건축가들이 세운 아르누보 양식의 건축, 소련식 건물 등 볼 것이 많다. 역사의 흔적이 거인의 발자국처럼 성큼성큼 남아 있는 곳에 사람이 살고 있는 것 같아, 피곤하긴 하지만 흥분을 느낀다. 조그마한 과거를 만지작거려 기념품처럼 만든 소규모

'관광지'가 아니다. 역사라는 거대한 공사 현장에 던져진 듯한 감동이 밀려왔다.

독일어를 공부하는 학생이 줄어서 힘들다고 독일어 교사가 일본이나 미국에서 한탄하는 소리를 종종 듣는데 동유럽은 아니다. 반대로 늘어난 곳도 있다. 소련이 붕괴하고 영어를 공부하는 사람이 급증했지만 그렇다고 독일어를 공부하는 사람이 줄지는 않은 것 같다. 프라하, 부다페스트와 마찬가지로 소피아에서 내가 감동을 받은 것은 문학을 좋아하는 젊은 사람들과 독일어로 이야기를 나누면 동양과 서양이란 범주로 나누는 것이 아니라, 체호프가 좋다고 하면 '아, 나도 좋아한다'라는 식으로 바로 동료로 봐준다는 점이다. 오히려 독일 낭독회 청중이 일본인을 다른 세계 사람처럼 생각하는 것 같고 동양과 서양을 나누는 벽이 머리에서 떠나지 않는 것 같다. 소피아에서는 베를린에서 알게 된 불가리아 시인 츠베타 소프로니예바Tzveta Sofronieva가 안내해주었다. 불가리아 하면 철학자 츠베탕 토도로프와 줄리아 크리스테바가 떠오르므로 불가리아 지식층은 프랑스로 간다고 여기기 쉽지만 불가리아에서 독일로 와서 사는 작가도 적지 않다.

국립도서관 앞에 키릴 형제 동상이 있어 말했다. "그러고 보니 불가리아는 러시아보다 오래전부터 키릴 문자를 쓰지 않았던가요?" 그러자 소프로니예바가 처음으로 무서운 눈빛을 보내며 "당연하죠"라고 차갑게 대답했다. 나중에 생각해보니 이 물음은 마치 중국인에게 "중국은 일본보다 오래전부터 한자를 썼지요?"라고 말하는 것과 같은, 참 어리석은 말이었다. 그래도 소프로니예바는 나를 버리지 않고 2002년 가을에 한 번 더 소피아에 초대해주었다.

소프로니예바는 물리학을 전공했고 미국으로 유학을 간 적도 있다. 시를 쓰기 시작하고 베를린에 산 뒤로는 독일어로도 소설을 쓰는데, 망설이기도 하는 것 같다. 독일어로 글을 써야 하는지, 쓰지 말아야 하는지. 한 독일 시인이 자기에게 독일어로 글을 쓰지 않는 게 낫겠다고 말했다며 투덜대기도 했다.

2002년 심포지엄에서는 독일 시인 울리케 드래스너, 브리기테 올레쉰스키Brigitte Oleschinski 등과 불가리아 시인이 토론을 했다. 토론 내용은 이 책과 큰 관계가 없어 생략하지만 그때 사람들이 오스카 파스티오르에 대해 이야기를 나눈 것은 인상에 강하게 남았다.

파스티오르는 루마니아에서 온 독일어 시인인데 2002년에 75세가 되어서 여러 행사가 있었다. 파스티오르가 독일어로 쓴 작품을 읽으면, 나도 외국어로 글을 쓰니 의식을 갖고 이렇게 뛰어난 시를 쓰고 싶다고 모처럼 자극을 받는다. 그럭저럭 소설을 써도 별 의미가 없다. 파스티오르의 시 중에 '고향'Heimat을 주제로 쓴 작품(「게임 규칙을 바꾸는 워크숍」 (Werkstatt mit transformatorischen Spielregeln)을 가리킨다. _옮긴이 주) 이 한 편 있다. 물론 그 시는 이주자로서 자기 삶을 탄식하고 고향을 그리워하는 것이 아니다. 반대로 고향이 주제인 작품집을 만들 테니 무언가 써주십시오, 하고 부탁을 받았을 때 고향 이데올로기 따위 허물어뜨리자고 이 글을 썼던게 틀림없다. 독일어 'Heimat'고향는 역사적으로 오염된 말로 일본어 '조국'祖國과 마찬가지로 쓰고 싶지 않은 단어다. 그래서 파스티오르는 Heimat를 일부러 자기 방식으로 분해하여 "Heim집이 무엇인지는 잘 아는데, 그러면 나머지 at는 무엇이지?" 하고 at로 끝나는 단어가 잇달아 나오는 시를 썼다. Automat자동판매기, Plagiat표절 등 '고향'이란 단어가 짊어진 이데올로기를 비웃는 듯한 단어가 무수히 나오는 재미있는 시다. 나도 나중에 이 시가 들어 있는 시디를 입수했다.

파스티오르 이야기를 들려준 사람은 "옛날엔 동독에 좋은 역순 사전이 있어서 이럴 때 도움이 됐는데 지금은 절판이 됐으니 유감입니다"라고 불평했다. 동독이란 나라 자체가 절판이 됐으니 어쩔 수 없다. 하지만 왜 동독이 그런 사전을 냈는지 알아보면 재미있을 것 같다.

어떤 경우, 사전은 언어를 이데올로기에서 해방시키는

역할을 한다. 사전은 엄격한 질서로 언어를 정리한 것처럼 보이지만 실은 무정부 기관인 것이다. 역순 사전(접미사 순서로 배열한다. _옮긴이 주)도 뜻이 비슷한 말이 모여 있을 때도 있고 뜻이 서로 관계없는 말이 모여 있을 때도 있으니 정말 무섭다. 모음에 맞춰 시를 쓸 땐 편리하다. 나도 독일어 전자사전을 가지고 있으니 역순으로 단어를 찾을 수 있다.

생각해보면 역순이 아닌 보통 사전도 무정부적인 성격이 있다. 뜻이 서로 관계없는 단어들이 일본어 아이우에오순 또는 알파벳순으로 나열되어 있다. 그래서 유의어 사전은 무정부가 아니다. 뜻이 가까운 단어들이 모여 있으니까. 독일어 유의어 사전은 여러 종류가 있는데 나는 프란츠 도른자이프Franz Dornseiff가 정리한 『독일어 주제별 어휘 사전』Der deutsche Wortschatz nach Sachgruppen이라는 유의어 사전을 쓴다. 유의어 사전은 글을 한창 쓰고 있을 때엔 의외로 쓰지 않는다. 소설을 쓸 때 이 장면은 어떤 다른 묘사가 가능할까, 생각하면 2초 정도 시간이 걸린다. 그 2초는 뇌가 깊숙이 피곤해지는 응축된 시간이지만 짧은 시간이다. 2초보다 길면 다음 문장이 도망가버린다. 그래서 소설을 쓸 땐 유의어 사전을 안 쓰지만 원고 마감에 쫓기지 않는 날에 멍하니 페이지를 넘기며 읽으면 정말 재미있다.

도른자이프가 정리한 유의어 사전은 초판이 1933년에

나온 듯한데 새로운 판본은 지금도 계속 나온다. 전체가 스무 장으로 되어 있는데, "무기물 세계/물질", "식물/동물/인간(육체적 의미)", "공간/위치/형태", "크기/양/수/정도", "존재/관계/사건", "시간", "가시성/빛/색/소리/온도/무게/고체·액체·기체/냄새/맛", "장소 이동", "원하다/행동하다", "오감", "감정/정서/성격", "생각", "기호/메시지/언어", "문헌/학문", "예술", "사회 관계", "기계/기술", "경제", "법/도덕", "종교/초자연"이 있다. 또 각 장은 더 많은 항목으로 나뉜다. 'Sichtbar'눈에 보이다란 항목에는 '나타나다', '형태를 만들다' 등의 동사, '겉모습', '시야', '가시성' 등의 명사, '눈에 띄는', '명료한' 등의 형용사, '눈으로 날아들다' 등의 관용어가 일흔다섯 개나 모여 있다. 더 기묘한 항목은 'Ehelosigkeit'결혼관계 부재이다. '독신'을 나타내는 입말과 법률용어가 많이 나열됐을 뿐 아니라 '아마존', '지식층 여성', '비혼 여성', '도련님', '여자를 싫어하는 사람', '솔로이스트', '승려'까지 많은 단어가 모여 있다. 말의 정의가 아니라 사람이 연상하는 방향을 알 수 있다. 그래서 이 사전을 읽으면 문화의 이면을 엿보는 느낌이다.

유의어 사전이 단어를 모으는 감각은 곤충채집과 식물채집의 감각이다. '경제' 장은 50쪽밖에 없지만 '식물/동물' 장은 무려 150쪽이나 된다. 혹시 이 유의어 사전은 일종의 동식물 사전이고 단어를 우리 뇌에 서식하는 곤충이나 식물로 취급해서 모은 건 아닐까.

사전을 보면 인간의 머릿속은 도대체 어떻게 되어 있을까, 말은 어떤 배치로 늘어서 있을까, 하는 생각이 자주 든다. 알파벳순이나 아이우에오순으로 나열되지 않은 것은 확실하다. '아니메션'アニメーション, 애니메이션을 듣고 '아니요메'ぁにょめ, 형수를 떠올리거나, '아즈케루'預ける, 맡기다를 듣고 '아즈키'小豆, 팥를 떠올리는 사람은 없을 것이다. 또 직선으로 늘어서 있지도 않을 것 같다. 유의어 사전은 각 장이나 단어의 나열 순서를 바꿔도 되므로 선보다는 조각보에 가깝다고 말할 수 있다. 우리 머릿속은 선이 아니라 면을 따라, 아니면 선을 따라서도 면을 따라서도 아니라 입체적으로 언어가 나열되어 있을 수 있다.

논픽션 작가 노무라 스스무野村進가 쓴『뇌가 알고 싶다!』脳を知りたい!(2001)란 책에서 실어증 부분을 읽었더니 보통명사와 고유명사는 기억되는 장소가 다르다고 한다. 내 경험을 떠올려도 그런 것 같다. 나 같은 사람은 고유명사가 도저히 생각이 나지 않아 '까먹을' 때가 많은데 보통명사가 생각나지 않을 때는 드물다. 보통명사라면 이 부근에 있을 텐데, 하며 기억된 장소를 가늠하여 근처에 있는 유의어에 기대 꺼낼 수 있다. 고유명사는 어디에 들어 있는지 장소가 막

연하다. 예를 들어 '영화배우 이름, 여성, 프랑스'라는 표시
가 붙은 서랍에 들어 있다면 바로 꺼낼 수 있지만 아무래도
그런 서랍은 머릿속에 존재하지 않는 것 같다. 배우 이름을
많이 아는 사람을 관찰하면, 어느 영화에 나왔는지 말고도
옛날에 누구와 결혼했고 싸워서 이혼했고 등등을 잘 안다.
이름과 이름 사이에 선명한 관계가 있다면 같이 끌어올릴
수 있는데 고립된 이름은 서랍에 넣어두면 찾을 수 없는 것
같다.

　재미있는 점은 외국어는 고유명사와 보통명사가 같이
기억될 때가 있다는 것이다. 내 안과의사는 이름이 하젠바
인Hasenbein(직역하면 '토끼 발'이란 뜻)인데, 안과에 갈 때 나는 내
가 동물 범주에서 그의 이름을 찾고 있는 걸 발견한다. 1년
에 한 번 정도만 가서 이름이 자동적으로 나오지 않는다. 치
과의사도 그렇다. 요전에 치과의사 이름이 기억이 안 나 이
상하다 싶었더니 안과의사와 이름이 헷갈려 동물 범주에서
이름을 찾고 있었다. 하지만 치과의사는 동물이 아니라 목
공구 서랍에 들어 있는 나겔Nagel, 못이었다.

　보통명사 역시 생물과 인공물로 기억되는 장소가 나뉜
다는 설도 있고 나뉘지 않는다는 설도 있는 것 같다.『뇌가
알고 싶다!』는 나뉘지 않는다는 설을 자세하게 소개했다.
말과 책상은 전혀 다른 장소에 기억되는 것이 아니라 네 개

의 발이라는 같은 범주에 속한다는 것이다. 그런데 이것은 '네 발 달린 건 책상 말고 모두 먹는다'는 중국의 풍부한 식문화에 매료된 사람에게만 해당하지 않을까. 또는 '네 발'이란 개념이 불교와 함께 정착한 문화권에만 해당하는 이야기일 수도 있다. 말과 책상을 같이 떠올리는 발상은 일본이라면 가능하지만, 독일이라면 초현실주의를 상기시킨다.

내가 관심 있는 부분은 외국어는 언어와 뇌의 관계가 다르다는 점, 시적 발상이라면 일부러 언어의 분류와 배치를 바꾸려고 노력한다는 점이다. 이를테면 나에게 독일어는 외국어라서 'Zelle'세포와 'Telefonzelle'공중전화 박스가 같은 장소에 있다. 어원이 같으므로 별로 이상하진 않다. 하지만 독일어가 모어인 사람은 대체로 '세포'는 생물학 분야에, '공중전화 박스'는 일상생활 분야에 분류된다. 따라서 뇌에서 둘 사이에 연결선이 없다. 어린 시절엔 있었을지도 모르지만 생활에 쫓기고 세상일을 빠르게 처리해야 하는 어른이 되면 연결선이 사라지고 없다.

시를 쓰는 사람은 외국인만 할 수 있는 언어 묶기를 한다. 이를테면 얼마 전에 잡지 『현대시 수첩』現代詩手帖에서 시인 히라타 도시코平田俊子가 쓴 「전자레인지의 힘」レンジの力이란 시를 읽었다. 일본어로 전자레인지를 켜는 것을 입말로 '칭하다'チンする라고 말하는데, 시는 칭狆(チン)(개의 한 종류._옮긴이

주)이 전자레인지에 들어가 다시 아름답게 태어난다는 이야
기였다. 두 '칭'이란 글자가 만나는 곳은 전자파가 어지럽게
난무하는 장소다. 전자파가 난무하면 뇌가 쾌감을 느낀다.
시인의 뇌에서는, 떨어진 장소에서 기억된 두 단어를 연결
해 전자파를 날리는 동안 자기만의 연결선이 무수히 뻗어
가는 것이 아닐까. 낱낱의 단어에서 연결선이 거미집처럼
방사선으로 자라 여러 다른 언어와 이어지고, 또 그 선이 서
로 끝없이 겹치고 이동하며 즐거운 뇌가 되는 것이 아닐까.

베이징
이동해서 사는 문자들

2001년 여름 북경에서 중일 여성작가회의가 열렸다. 몰랐던 일본 작가를 작품을 통해 만날 수 있었던 것도, 현대 중국 작가의 작품과 발표를 접할 수 있었던 것도 내게는 큰 선물이었다. 하지만 가장 인상에 남은 것은 역시 중국어란 언어이고 그 언어가 일본어와 관계 맺는 방식이었다. 언제나 유럽어와 일본어를 비교하며 이러저러한 것들을 생각하는 나지만 중국어와 접한 일은 자극적이었다. 가깝지만 모르는 것이 많고 멀지만 내 일부이기도 한 중국어다.

이 회의에 참가한 치노 유키코茅野裕城子가 쓴 『한소음의 달』韓素音の月(1995)을 나중에 읽었을 때 중국어의 관능적 부분을 살린 연애소설이라고 생각했다. 리비 히데오의 『천안문』天安門(1996) 이후로 또 한 번 한자가 주는 쾌감을 느꼈다. 읽을 수 없는 글자와 마주했을 때의 당황스러움, 읽을 수 없지만 글자를 이해했을 때 얼음이 녹은 듯한 느낌, 그 글자를 이해한 것이 사실은 오해였음을 알았을 때의 낙담, 하지만 오해 덕분에 만남이 이루어진 이상한 일. 이 소설에는 중국

청년과 일본 여성의 이야기만 있는 것이 아니라 전 세계 사람과 사람, 문화와 문화 사이에서 끊임없이 일어나는 일이 적혀 있다.

회의가 열렸을 즈음 여성작가가 쓴 현대 일본문학 일부가 중국어로 번역되고 출판됐다. 일본인 작가의 작품이 중국어로 번역되면 작가 이름도 간체자로 바뀐다. 내 이름 '요코'葉子의 '葉'는 왜 '叶'가 되는가. '多和田叶子'란 이름을 보니 낯설었다. '토할 토'吐가 아니라 '입 엽'叶이니 나쁜 뜻은 아니다. 그래도 '葉'와 '叶'가 서로 무슨 관계가 있는지 나로서는 알 수가 없어 "이제부터 너는 센이다"(애니메이션 〈센과 치히로의 행방불명〉의 대사. _옮긴이 주)라는 말을 들은 치히로의 기분이다.

나만 간체자에 편견이 있는 일본인은 아닐 것이다. 마음속 어딘가에 간체자를 눈부신 중국 문화에 우연히 나타난 장난기 서린 낙서처럼 느끼는 사람이 상당히 있을 것 같다. 그런데 북경에서 돌아와 다카시마 도시오高島俊男의 『한자와 일본인』漢字と日本人(2001)을 읽으니, 내가 초등학교부터 유일하게 옳은 글자라고 배운 일본의 신新한자도 사실은 한자를 폐지하자는 정치적 의도로 급하게 만든 간략체일 뿐이고, 구舊한자를 체계적으로 이해하는 사람이 보면 어처구니없는 모순이 있음을 알았다. 책을 읽는 동안 침울했다. 단순하고 왜

곡된 가타카나 영어가 천지인 일본어에서 벗어나, 이 책을 읽으며 아름다운 한자 세계에 빠지겠다고 은밀한 계획을 세웠건만 결국 일본 한자 세계도 단순하고 왜곡된 중국어일 뿐인가. 내가 쓰는 일본어가 속임수의 암시장처럼 느껴진다. 닳도록 써서 흐늘흐늘해지고 너덜너덜해진 일본어다 (의성어와 의태어만이 최후에 남겨진 '진짜 일본어'라면 이렇게 쓸 수밖에 없다).

일본 한자개혁(패전 직후 미 점령군의 권고로 일본 정부가 실시한 국어 개혁 정책. 한자 수를 줄이고 한자를 간략화했다. _옮긴이 주)에 결점이 있던 것뿐이라면 달리 화가 나지 않는다. 어떤 맞춤법 개혁도 결점은 항상 있다. 다만 한자개혁이 언젠가는 한자를 없애자는 뜻으로 급하게 일어났다는 점이 화가 난다. 게다가 위에서 강제적으로 일으킨 듯한 인상을 지울 수가 없다. 워드프로세서에 등록되지 않아 쓰고 싶은 글자를 쓸 수 없을 때의 짜증과 어딘가 비슷하다. 워드프로세서는 교과서가 아니라 상품이니 어떤 글자를 넣을지 소비자가 결정해도 좋을 것 같은데 그럴 기회가 없다. 소설가 이름 '우치다 핫켄'內田百閒을 칠 때 '켄'閒이라는 글자도 나오지 않는다. 워드프로세서에 등록할 한자를 결정하는 사람들은 도대체 어떤 사람들인지 고개를 갸우뚱하게 된다.

내가 이렇게 엉터리인 신한자로 소설을 쓰는 점도 참

을 수 없지만 더 화가 나는 일이 있다. 현재 한자체계에 어떤 문제가 있는지 알아차릴 수 있는 지식이 내게 없다는 점이다. 또 여태까지 내가 배운 일본 한자만 옳고 중국 간체자는 정치적 실패라고 믿었던 점이 부끄럽다. 간체자는 무의미할뿐더러 수가 많기 때문에 다 배우지 못한다고 단정 지었다. 하지만 한자를 일본어로 풀이한 사전을 봤더니 겨우 두 페이지에 다 수록되어 있었다. 이 정도라면 중고등학교에서 한 달 안에 다 배울 수 있으리라. 그 정도 노력만으로 지구 인구 4분의 1이 사용하는 문자를 읽을 수 있는 것이다. 세계인을 키우자고 외치면서 간체자를 가르치지 않은 학교도 나쁘지만 스스로 찾아보면 바로 알 수 있는 것을 찾아보지도 않은 나도 자주성이 없었다. 굉장히 한쪽에 치우친 공부를 했다. 과거 동유럽에서 문화 통제하에 살았던 동년배 동료를 무의식중에 동정하는 눈빛으로 바라봤는데 어쩌면 동정해야 할 사람은 눈에 보이지 않는 통제 속에서 치우친 지식만 몸에 익히며 자란 나일지도 모른다.

중국어는 문법이 일본어와 다르지만 일본이 한자를 수입한 덕분에 두 언어의 문법이 서로 비슷한 면도 있다. 옛날 언어학자라면 문법은 뼈대고 문자는 옷이라고 말할 수 있겠다. 하지만 똑같은 신발, 즉 한자만으로도 대화가 통해 친구가 되기도 하는 현대에는 뼈대도 옷도 다 중요하다.

먼 언어가 주는 영감과 가까운 언어가 주는 영감은 성질이 조금 다르다. 중국어에서 알 듯 모를 듯한 '빗나간' 느낌을 받은 적이 있는데 꿈을 꾸었을 때의 느낌과 닮았다. 한 번은 북경 책방에서 작은 사전을 샀다. '어지럽다'는 '眼花亂'(눈앞에 꽃이 어른거리듯 어지럽다._옮긴이 주), '기절하다'는 '昏過去'라고 말하는 듯하다. 기절이 과거가 어두워지는 걸 뜻하다니 이것만으로 벌써 시 같다. 재미있는 말을 기분 내키는 대로 쓴다. 익숙한 단어가 쫙 분해되어 다른 조합으로 바뀔 때의 새로움. 빛이 반짝거린다. 뇌를 단단히 묶었던 쇠사슬이 끊어지고 그 쾌감에 웃음이 번진다.

일본 작가의 작품을 중국어로 번역한 것을 보면 제목만 읽어도 영감을 얻는다. 여성작가회의를 주도해 기획하기도 한 쓰시마 유코津島佑子의 소설『웃는 늑대』笑いオオカミ(2001)는 '미소적랑'微笑的狼으로 번역했다. '적'的의 쓰임새가 좋다. 일본어와 다르다. 마쓰우라 리에코松浦理英子의『내추럴 우먼』ナチュラル·ウーマン(1987)은 '본색여인'本色女人으로 번역했는데 힘이 넘친다.

미국이나 유럽에서는 내가 쓴 일본어 책을 보여주면 문자를 보고 감탄하기 때문에 약간 우쭐하다. 한자가 아름답고 복잡하기 때문만은 아니다. 자랑스럽기 때문이다. 세계화의 폭풍 속에서 동아시아의 독특한 문화는 없을 것이라고 당신들은 생각할지 모르지만 우리는 이렇게 오래된 문

화가 있다, 수천 년 동안 쓴 문자를 사용해서 '공산주의', '국
민주권' 같은 개념을 서양어의 도움을 받지 않고 표현할 수
있다는 자랑스러움. 한자는 외부에서 침입할 염려가 없는
견고한 성벽처럼 동아시아 문화의 독자성 신화를 유지한
다. 그래서 나는 언제부턴가 한자를 열렬히 사랑하기 시작
했다. 한자를 못해서 한자 시험 때문에 고생하고 한자를 원
망했던 일도 잊고 말이다. 하지만 야나부 아키라柳父章의『번
역어의 성립』飜譯語成立事情(1982)을 읽었을 때, 사회, 개인, 근대,
미, 연애, 존재, 자연, 권리, 자유, 그, 그녀가 모두 고작 100
년 전에 서양어를 번역하기 위해 만들어진 일본어란 것을
알고 실망했다. 그런 면에서 한자도 결국 외래어다. 오히려
가타가나는 자기가 외부인이라고 솔직하게 인정하는 외래
어지만 한자는 자기가 오리지널인 척 거짓말하는 외래어로
보인다.

　　물론 소설을 쓸 때는 신문新聞, 논문論文처럼 두 글자 한자
어를 많이 쓰지는 않는다. 그래도 나는 예민하게 '해설하
다'解說라 쓰지 않고 '풀다'解き明かす를 히라가나로 'ときあかす'
라고 쓰고 만족스러운 웃음을 짓는다(히라가나로 쓰면 'とき'는
'따오기'일 수도 있고 '시, 때'일 수도 있다. 'あかす'는 '밝히다'라는 뜻의 '明
かす'이니 밝은 그림이 떠오른다).

　　한편, 한자가 일본에 들어온 덕분에 서양에서 생긴 추상

관념을 번역할 수 있었고 서양어가 공부하기 쉬워졌다는 점 또한 사실이다. 그렇게 생각하니 화가 나지 않았다. 이를 테면 일본어 '보다'見る는 한 단어밖에 없지만 중국어에는 여러 단어가 있다. '보다'見る, 觀る, 視る, 診る, 看る를 여러 한자로 구분해 쓰다 보면 이를 알 수 있다. '보다'가 이렇게나 많다는 것을 안 후로는 영어를 공부할 때 look과 see가 뜻이 다르다고 들어도 충격을 받지 않았다. 문자 차원에서 중국어는 이미 그렇게 구별한다는 것을 이해하면 외국어를 학습하기가 수월해진다.

다카시마 도시오는 중국이라는 문화선진국이 너무 가까이 있어서 일본이 자기 힘으로 추상 관념을 만들 여유가 없었던 것이 '불행'이었다고 말하지만 과연 일본이 홀로 있었다면 자기 힘으로 추상 관념을 중국처럼 풍부하게 만들 수 있었을까. 비관주의자인 나는 의심스럽다. 아메리카 원주민처럼, 독자적 문화를 발전시킨 후에 각자가 영어로 서양 문화를 몸에 익혀 자기 말과 영어를 평행으로 사용하면서 이중언어자로 현대를 살아가지 않았을까. 월로프어 토착어와 프랑스어를 모두 구사하는 세네갈 문화인도 마찬가지다. 다른 점은 일본 문화인은 일본어만 알면 유럽과 미국에서 쓴 글을 얼마든지 읽을 수 있으니 정보에서 배제되진 않는다는 점이다. 오히려 영어보다 일본어로 번역된 독일문학이 더 많다. 이중언어자가 되지 않더라도 일단 국제 사회의 일원으로서는 살아갈 수 있다. 그렇다면 일본 고유어도 아니고 중국어도 아니고 서양어도 아닌 이 애매하고 불순하고 혼란스러운 한자는 일본 문화인을 구원해준 셈이다.

일본 한자는 꿈의 섬이다. 쓰레기 더미지만 풍성하고, 찾으려고만 하면 여러 가지를 찾을 수 있다. 살아남는 데 필요한 것은 찾으면 얼마든지 나온다. 나는 이제 화내지 않고 일본어라는 꿈의 섬에 살면서 쥐처럼 부지런히 일하기로 마음먹었다.

『번역어의 성립』을 읽고 감동을 받은 부분은, 무리하게 만든 일본어 번역어는 사실 그 근간에 네덜란드어가 많다는 점이었다. 네덜란드어 Schoonheid독일어는 Schönheit를 번역할 때 여러 예시가 나왔는데 그중 '미'美가 역어로서 정착했다. 네덜란드어는 독일어와 굉장히 비슷하다.

나는 어린 시절에 '미'를 일본어 모어라고 배웠고 훨씬 나중에 외국어인 독일어를 공부할 때 Schönheit란 단어와 처음 만났다. 이 Schönheit는 '미'의 원래 글자와 형제였다. 다시 말해 어린 시절에 접한 일본어 몇몇 단어는 일본어로 온 이주자였던 셈이다. 그래서 나는 나중에 독일어를 배웠을 때 그들의 고향을 알고 아, 그들이 이 근처에서 왔구나,

하고 깊이 깨달았다. 힌자리는 옷은 일본 고유어도 입을 수 있고 번역어도 입을 수 있는 옷이기에 단어의 고향이 가려졌지만 모두 여러 곳에서 온 이주자라고, 나는 지금 '미'라는 단어의 고향에 도착했다고 생각하면 왠지 감동적이다.

하지만 '미'는 규모가 큰 단어인 만큼 신체성이 약하다. 『베갯머리 서책』枕草子(세이쇼나곤이 쓴 수필. _옮긴이 주)을 읽으면 여러 사물과 사람의 모습을 나열한 장단이 있다. 각 장단의 제목인 "가슴이 두근거리는 것", "기품 있는 것", "멋있는 것", "우아하고 아름다운 것", "사랑스러운 것", "얼른 알고 싶은 것", "그윽한 것" 등의 형용사를 보면 지적이고 섬세한 감각이 느껴진다. 그에 비해 '미'는 콘크리트 덩어리 같다. 『베갯머리 서책』이 섬세한 감각의 형용사 제목 밑에 여러 그림을 나열하는 발상이라면, '미'라는 말은 어떤 발상으로 문학을 쓸 수 있을지 의문이 든다. 『가덴쇼』花傳書(15세기 초에 쓰인 노가쿠 이론서. _옮긴이 주)에서 '화'花의 쓰임새도 재미있다. 존재하는 것은 '아름다운 꽃'인가, '꽃의 아름다움'인가 하며 끝나지 않는 논쟁을 할 것이 아니라 '미'美를 '화'花로 번역하면 좋지 않았을까. '화'는 추상적이면서 색깔도 있고 향기도 있어 묘한 느낌을 준다. 강하지만 권위적이지 않고, 기품 있지만 거드름을 피우지 않는다. 『가덴쇼』에 실린 어휘는 서양 추상명사를 여러 가지로 번역할 수 있는 가능성을 암시하는 것 같다.

서양어의 번역어로 쓴 일본 한자어의 가장 큰 문제점은 벼락부자의 거드름이 시간이 지나도 지워지지 않는다는 점이다. '연애'戀愛가 '색사'色事(연인이 벌이는 성적 행위. _옮긴이 주)보다 고급으로 보이는 이유는 현대인이 지카마쓰 몬자에몬近松門左衛門(에도 시대 극작가. _옮긴이 주)이 그렸던 인간보다 고급이기 때문이 아니라 '연애'가 서구 수입품이기 때문이다. 지금은 수입품 느낌이 들지 않지만 '연애'라는 일본어는 아직 체온이 낮고 부자연스러워 널리 퍼지지 않는 것이 아닐까.

야나부 아키라는 미시마 유키오三島由紀夫의 문학을 평하며, '미'라는 번역어는 보석 상자처럼 속을 알 수가 없어 더욱 고급스러워 보이는 면이 있는데 미시마는 이 단어를 능숙하게 새겨넣어 작품을 수준 높아 보이게 했다고 말한다. 그러면서 클로드 레비스트로스Claude Lévi-Strauss의 『슬픈 열대』 Tristes Tropiques(1955)에 나온 남아메리카 남비콰라족의 이야기를 예로 든다. 남비콰라족은 원래 문자가 없는데 족장이 백인 흉내를 내 글자를 쓰며 부하에게 자기 위엄을 보인다는 이야기다. 야나부는 이 장면과 미시마가 '미'란 글자를 쓴 방식이 비슷하다고 말한다.

그런데 한자 '미'는 어떻게 만들어졌을까. "이 글자는 중국 사막지대 사람들이 만들었는데 그들에게는 큰 양이 홀

륭한 양이어서, 양羊이란 글자에 크다大를 덧붙여 미美라고 썼습니다"라는, 정말인지 거짓말인지 모를 설명을 수험서에서 읽은 기억이 난다. 독일은 터키인이 하는 식료품 가게가 많다. 나는 유리 용기 안에 든 커다란 양고기 덩어리를 볼 때마다 아, 저것이 미구나, 한다.

프라이부르크
음악과 언어

1999년부터 다카세 아키高瀬アキ와 함께 음악을 연주하며 낭독하는 공연을 시작했다. 독일과 일본, 미국에서 이미 40회 정도 공연을 했는데 그중에 프라이부르크 공연이 특히 즐거웠다. 프라이부르크는 오래된 대학가다. 길을 걷고 있으면 자동차가 많이 지나간다. 자동차를 탄 사람과 길을 걷는 사람이 입은 옷을 보면 1970년대와 80년대 대안공동체의 여운이 지금도 짙게 남아 있다. 역에서 그리 멀지 않은 곳에 '요스 프리츠'란 서점이 있는데 그곳에 들어가면 더욱 그런 분위기를 느낄 수 있다. 1990년대는 독일에서도 체인 형식의 큰 서점이 유행했다. 그전에 학생운동이 활발했던 시대에는 요스 프리츠처럼 구성원이 공동 출자하고 공동 경영하는 서점, 고용주와 피고용자라는 관계가 존재하지 않는 서점이 유행했다. 요스 프리츠 같은 서점이 남아 있어 다카세와 내가 프라이부르크에서 공연할 수 있었다.

  '음악과 문학의 경계를 넘어'가 마치 새로운 구호인 듯 말하는 건 솔직히 말해 부끄럽다. 그런 시도는 옛날부터 있었고 지금도 얼마든지 있다. 일본 전통 예술인 사루가쿠, 노가쿠, 분라쿠, 가부키나 유럽 오페라까지 갈 것도 없이 원래 음악과 문학은 하나였다.

독일은 1960년대에 귄터 그라스, 페터 륌코르프Peter Rühm-korf 등의 작가가 시 낭독과 재즈 연주 공연을 활발히 했다고 하는데 이제는 사라졌다. 또 음악과 문학의 조합을 전문적으로 방송하는 라디오 프로그램 〈카프카, 재즈와 문학〉도 있었는데 1999년에 폐지됐다.

공연 장소를 찾기란 쉽지 않다. 주최 측이 먼저 제안할 때도 있지만 내가 먼저 찾으려 하면 찾기 힘들다. 문학 낭독만 한다면 문학센터, 도서관, 서점에서 할 수 있고 피아노 연주만 한다면 콘서트홀이나 재즈 카페 등 여러 장소에서 할 수 있지만, 둘 다 공연하려고 하면 장소 찾기가 여간 어렵지 않다.

음악 연주와 낭독을 함께하는 공연에서는 피아노 즉흥 연주, 시 낭독이 동시에 진행된다. 하지만 이 동시 진행은 '맞추는 것'과는 조금 다르다. 나는 엄지발가락부터 목까지는 음악에 빠져 음악에 반응하고 혀부터 뇌까지 이르는 영역은 말의 의미를 쫓는다. 또는 피아노를 향한 왼쪽 상체는 소리를 향해 열을 내뿜고 오른쪽 상체는 텍스트 안에 잠긴다. 그러면 내가 둘로 나뉘는 것 같아 굉장히 기분이 좋다.

양쪽 사이엔 거리가 있다. 한쪽은 언어의 세계 밖에 있고 다른 한쪽은 안에 있는 듯한 기분이다. 당연히 이어지기도 한다. 하지만 노래 멜로디와 가사처럼 서로 찰싹 붙어 이어지지는 않는다. 기이한 공간을 굴절해 나아가는 진동을 따라 간접적으로 이어진다. 혹은 분리된다. 그러지 않으면 '음악에 맞추어 읽다'가 되어버린다. 음악을 기준으로 말해도 비슷하다. 낭독에 맞추어 피아노를 치면 단순히 반주가 된다. 음악이 배경이나 삽화가 되어버린다면 시시하지 않나. 그래서 음악은 음악대로 독립해 연주한다. 독립했기 때문에 낭독과 대화가 가능하다. 낭독에 대해 반응할 수 있다. 호수에 돌을 던져 물결이 이는 것을 볼 때도 있고 물이라고 생각해 돌을 던졌더니 악어 등에 맞아 갑자기 악어가 얼굴을 들고 이쪽을 노려볼 때도 있다. 소리에 반응해 낭독이 바뀌기도 한다. 물론 고집을 부려 일부러 반응하지 않고 내가 그대로 통과해 나갈 때도 있다. 그것 역시 일종의 반응이다. 하여튼 안내서나 교과서 같은 것이 전혀 없기 때문에 스스로 찾아갈 수밖에 없다. 더구나 순간순간이 무수히 많은 조건으로 성립되기 때문에 똑같은 순간이 되풀이되지 않는다.

언어 안에도 음악이 깃들어 있다. 하지만 평상시에는 이를 잘 느끼지 못한다. 소설을 읽을 땐 이야기 줄거리와 등장인물의 성격에 집중하기 때문에 다른 부분을 잘 느끼지

못한다. 예를 들면 '食べたがる'먹고 싶어 하다라는 말에 있는 'が
る'가루란 단어는, "가루, 가루, 가루" 하고 되풀이하면 알 수
있듯이 소리가 아주 개성 있다. 하지만 독서할 때는 그 부분
을 좀체 느끼지 못한다. '가루'를 그 앞 동사와 단절해 여러
번 발음하는 순간, 그 소리는 '의미'로 환원할 수 없는 전혀
다른 것을 호소한다. 말과 손잡고 음악이라는 '또 하나의 언
어' 안에 들어가면, 내가 읽는 텍스트에서 '가루'처럼 생경한
소리가 도드라지게 드러나 놀란다. 음악을 통해 언어를 재
발견하는 것이다.

　귀를 아무리 기울여도 결코 음악과 언어가 일치하지 않
아 애가 타는 공연, 나머지가 계속 생기는 나눗셈의 공연을
할 때마다 언어를 재발견한다. 그것이 음악과 언어를 함께
공연하는 즐거움이다.

보스턴
영어는 다른 언어를 바꾸었는가

2001년 가을에 보스턴에 갔다. 보스턴은 1999년에 네 달 동안 체류한 적이 있어서 조금 그리웠다.

2001년에 보스턴에 왜 갔느냐면 터프츠대학과 웰즐리여대가 기획한 '어딘가 다른 곳에서 온 일본'Japan from somewhere else이란 주제의 심포지엄에 참가하기 위해서였다. 연구자 외에 일본계 미국인 작가도 왔다. 이토 히로미도 왔다.

일본계 미국인 2세, 3세이면서 영어로만 작품을 쓰는 작가들과 만난 건 처음이었다. 가즈오 이시구로Kazuo Ishiguro는 어릴 때 영국으로 이주해 영어로 소설을 쓰고 맨부커상도 수상한 유명한 작가다. 그 외에도 조상이 일본인이면서(부모 모두가 일본인인지 한쪽만 일본인인지 아니면 조부모가 일본인인지 더 옛날 사람이 일본인인지는 모두 다르지만) 영어로 창작을 하는 작가가 많이 있었다. 그런 작가의 문학을 연구하는 연구자도 적지 않았다. 물론 이주자 작가가 문학의 본질은 아니다. 그러나 이주자 작가는 문학이 지닌 이주의 성격을 비춰준다.

독일에서 이주자 2세 작가와 이야기할 기회가 몇 번 있었다. 함부르크대학에서 공부하던 시절부터 이주자 문학의 고전이라 할 만큼 유명한 작가인 체코의 리브제 모니코바-Libuše Moníková, 터키의 에미네 세브기 외즈다마-Emine Sevgi Özdamar가 쓴 '비독일인'의 독일어 문학과 접했다. 그때부터 외국어로 소설을 쓰는 일을 '보통 일'이라고 생각하게 됐다. 독일에 막 갔을 땐 솔직히 말해 모어가 아닌 언어로 글을 쓰는 일은 생각할 수 없었다. 하지만 5년이 지나자 독일어로도 소설을 쓰고 싶어졌다. 도저히 누를 수 없는 충동이었고 설령 쓰지 말라고 해도 써야 했다. 외국어에 깊이 잠겨 몇 년을 살았더니 새로운 언어체계를 받아들여 모어에 기반을 둔 일부분이 무너지고 변형하고 재생해, 새로운 내가 태어났다.

어떤 작가는 '원래의 자기'가 무너진, 이주한 상태를 극도로 꺼린다. 이를테면 모어 안에 머물러 있으면 '유스즈미' 夕涼み, 서늘한 저녁 바람란 일본어를 듣고 오래된 아름다움을 느끼는데, 한번 그 말에서 멀어지면 이 '유스즈미'use濟み(사용기한 완료. _옮긴이 주)라는 말은 더 이상 사용하지 않게 되고 서늘함도 느끼지 못하게 되는 것이다. 말이 울퉁불퉁 튀어나온다. 그냥 아름다웠던 말이 한번 부서지자 끊는 곳이 아닌 곳에서 끊기고, 이제는 자연스럽게 다가오지 않는다. 말장난 왕국과 억지소리 마을에 살았지만 이제는 같은 나라 사람이

자기를 바보 취급 할 수도 있다. 하지만 모어가 자연스럽다고 믿으면 언어와 진지하게 관계 맺을 수 없고 현대문학 역시 성립하지 않는다. 따라서 모어 바깥에 나간 상태는 문학에서 특수한 상태가 아니라 보통의 상태를 조금 극단으로 밀어붙인 상태라고 생각한다.

보스턴에서 학회가 끝난 다다음 날 미국에 사는 독일 사람 몇 명과 식사를 하러 갔다. 뭐가 먹고 싶으냐기에 나는 조금 곤란하게 해주려고 '캄보디아 요리'라고 말했다. 그러자 바로 캄보디아 음식점에 데려다주어, 역시 미국에는 여러 음식점이 있구나, 하고 새삼 감탄했다.

몇 년 동안 영어로 생활을 하니 독일어가 점점 이상해졌다는 이야기가 나왔다. 이것은 모어가 일그러지는 것이어서 바람직하지는 않지만 나는 독일어의 새로운 얼굴을 본 것 같아 즐겁기도 했다. 주유소를 탕크슈텔레Tankstelle라고 말하는 대신에 '가스 슈타치온'(영어 gas station을 단순히 독일어처럼 읽었다)으로 말한다고 한다. 또 '나는 춥다'라고 독일어로 말할 땐 '나에겐 춥다'라고 말하는 것이 옳은데, 미국 영어의 영향을 받아 자기를 주어로 하여 '나는 춥다'라고 말한다는 것이다. 그런데 독일어로 '나는 춥다'는 나는 차갑다, 즉 나는 냉담한 사람이라는 뜻이다. 어떤 사람이 미국에 사는 독일 사람의 말뿐 아니라 독일에서 말하는 독일어도 영어의

148

영향을 받아 조금씩 변하고 있다고 말했다. 가장 쉬운 예는 컴퓨터 용어인데, 이러한 현상은 일본도 마찬가지다. 컴퓨터 매뉴얼을 보면 'Downloaden Sie sich das Programm'그 프로그램을 다운로드 하시오이라고 쓰여 있다. 영어 동사에 'en'을 붙여 독일어로 만드는 방법은 '하다'する를 붙여 아무거나 일본어 동사로 만드는 예와 비슷하다.

독일이 영어권 나라보다 기술이 떨어지는 건 아니다. 비행 기술의 역사만 봐도 독일은 중요한 역할을 했는데, '시차증'時差ぼけ에 해당하는 말이 독일어에는 없어서 영어 'jet lag'를 그대로 사용해야 하는 것이 이상하다. 시차증은 초기 비행 기술과 관계없이 해외 출장이 잦은 사업가의 병이었으니 영어에만 있는 것일 수도 있지만. 'Zeiverschiebung'시차라는 아름다운 말이 있으니('Verschiebung'(전위)는 프로이트가 『꿈의 해석』에서 사용한 단어라 더욱 깊은 맛이 난다), 이를 잘 활용해 '시차에서 오는 괴로움'이나 '시차 아픔'이란 말을 만들면 될 텐데 영어에서 직수입한 외래어를 그대로 쓰다니 유감이다. 'jet lag'란 영어 단어도 나쁘진 않지만 독일어로 읽으면 소리의 울림이 좋지 않은 것 같아 나는 그다지 좋아하지 않는다. 일본어 '時差ぼけ'란 말은 아름답다고는 할 수 없지만 나쁘지도 않다. '둔감'ぼけ이라는 부분이 귀엽다. 자기가 둔감한 것을 지구에 존재하는 시차 탓으로 돌려 평생 시차 둔감을 자랑하는 사람도 있다.

영어가 독일어 단어에만 영향을 끼친 건 아니다. 언제부터인가 '그렇게 하는 것은 의미가 있다'라고 말할 때 'Das macht den Sinn'이라고 말하는 사람이 늘었는데, 이는 영어 'It makes sense'를 직역한 문장이다. 독일어로는 본래 'Es ist sinnvoll'이라고 말한다. 또 '좋은 시간 보내세요'라는 뜻으로 'Haben Sie schöne Zeit!'라고 말하는 것도 'Have a good time!' 의 직역이다. 20년 전 나이가 지긋한 독일인 어학교사가 이 문장은 독일어로는 이상하니 쓰지 말라고 했던 말을 기억한다. 다시 말하면 예전에는 쓰지 말라고 말하는 사람도 있었는데 지금은 이 문장이 조금도 이상하지 않다는 뜻이다. 일본인에게서도 비슷한 현상이 보인다. 요즈음은 "좋은 주말!"이라며 태연히들 말한다. 내가 어렸을 때 '주말'이란 일본어는 번역문학에만 나오는 말이었고 '좋은 무엇무엇!'이란 말은 영어를 일본어로 번역하는 숙제를 할 때에만 쓰는 표현이었지 친구에게는 쓰지 않았다. 이렇게 쓰면 내가 굉장히 노인이고 옛날이야기를 하는 것처럼 들리겠지만 나도 나이가 그리 많은 건 아니다. 외국에 나가면 '옛날' 기억이 그대로이기 일쑤라 무심코 우라시마 타로(일본 전래동화의 주인공. 우라시마 타로라는 어부가 거북이를 바닷가로 돌려보내준 보상으로 용궁에 가 행복한 삶을 누리다가 지상으로 돌아오니 몇백 년이 지난 뒤였다는 이야기다. 옮긴이 주) 같은 말투로 말한다. 계속 일본에 있는 사람은 언어가 조금씩 변화하는 걸 매일 지켜보므로 어린 시절 기억이 점점 옅어진다. 미국으로 이주한 독일 사람도 '옛날'을 말한다. 미국에서 독일 사람과 말을 나누면 예전에는 독일어를 이런 식으로 말하지 않았다는 이야기를 많이 한다. 같은 나이대의 독일 사람이 독일에 계속 살았다면 이런 '옛날' 이야기는 하지 않는다.

영어는 일본어와 독일어에도 들어왔다. 외래어로도 들어오고 말하는 방식에도 영어가 영향을 끼치고 있다. 그런 뜻에서 하나의 언어만 사용하는 사람도 사실은 언어 사이에서 일어나는 교류와 싸움을, 혀로 느끼며 살고 있다고 할 수 있다.

튀빙겐
미지의 언어를 번역하기

2002년 12월에 처음으로 튀빙겐대학에서 자유창작 워크숍을 맡았다. 미국 대학은 학생에게 시와 소설을 쓰게 하는 '창의적 글쓰기' 과정이 왕성하고, 작가에게는 가르치는 일이 수입을 얻는 중요한 원천인 듯하다. 하지만 독일은 그런 과정이 예외적이다. 튀빙겐대학은 시인 우베 콜베Uwe Kolbe가 중심이 되어 '문학연극 스튜디오'라는 기관을 대학 내에 만들었다. 학생이라면 누구나 와서 시와 소설을 쓰거나 연극을 배울 수 있다. 나도 비록 주말 사흘 동안이지만 이곳 강사로 초대받았다. 소설 쓰는 방법을 가르칠 리는 만무하고, 나는 언어를 바라보는 각도를 조금 바꾸어 언어에 민감해지자는 취지로 '미지의 언어를 번역하기'라는 수업을 했다.

첫째 날은 우선 한자를 하나 보여주고 그것에 대해 글을 쓰게 한다. 학생들은 전혀 한자를 읽을 수 없다. '龍'이란 글자를 보여줬더니 교실이 갑자기 조용해지고 각자 진지하게 무언가를 쓰기 시작했다. 한 시간 뒤에 글이 완성되자 서로 낭독을 하고 의견을 교환했다. '龍'이란 글자를 부엌 설계도로 보고 이야기를 지은 학생도 있고, 이 글자가 일본 축제 때 짊어지는 커다란 장식 수레처럼 보이기 때문인지 축제 전날의 불안을 쓴 학생도 있었다. 또 글자를 못 읽는 사람의 초조한 기분을 주제로 글을 쓴 학생도 있었다. 어떤 학생은 '龍'의 '立' 부분이 문득 눈앞에 있는 주전자와 모양이 비슷하다고 느껴, 수천 년 전에 중국인은 어떻게 우리가 현재 쓰는 주전자 모양을 알 수 있었는가 하는 시를 썼다. 의미라는 여행 보험에 들지 않고 외국어로 여행을 떠난 결과 여러 작품이 탄생했다. 모어 바깥에 나가면 늘 자기를 구속하는 금지 조항(이런 걸 쓰면 부끄럽다, 같은 것)에서 조금은 해방되는 것 같다.

이튿째에는 불교 독경, 드라마 등 여러 종류의 일본어 카세트테이프를 들려주며 자기 마음에 든 걸 선택해 번역하도록 작업을 시켰다. 새소리, 범고래 울음소리가 들어간 카세트테이프도 섞여 있었다. 물론 이 소리가 무엇을 전달하는지 의미는 모르기 때문에 보통의 '번역'은 할 수 없다. 소리를 더듬으며 '초록색'을 쓰든가, 청각이 주는 연상을 발전시키든가, 자기 힘으로 길을 만들 수밖에 없다. 이 실험은, 복수의 문화를 방황하며 글을 쓰는 사람에게는 자기가 이해할 수 없는 언어에 입문서 없이 다가가는 훈련이 중요하지 않을까 하는 생각에 한 수업이었다.

사흘째에는 모두 기차를 타고 슈투트가르트로 이동하며 기차 안에서 글을 썼다. 주제는 '외국어로서의 풍경'이었다. 기차 창문 밖으로 보이는 풍경은 관찰자가 그것을 읽었을 때 비로소 글이 된다. 자기가 어떤 식으로 풍경을 읽는지 아는 사람에게는 다른 사람과 다르게 풍경이 보인다. 슈바벤의 풍경이 익숙한 사람은 멀리서 온 여행자와 다른 풍경을 본다.

나는 기본적으로 기차 여행을 많이 해서 기차 안에서 원고를 쓸 때가 많지만 창문으로 보이는 풍경에 대해 쓴 적은 없다. 독일 고속열차 ICE와 준고속열차 IC가 달리는 길은 너무 익숙해서 아무것도 보이지 않는다. 리비 히데오의 에세이 『마지막 국경으로 떠난 여행』最後の國境への旅(2000)을 읽었더니 독일 고속열차의 객실 풍경과 창밖 풍경이 뚜렷이 그려져 있었다. 역시 먼 곳에서 온 여행자의 눈은 날카롭다. 나는 슈투트가르트에 있는 극장에서 일요일 오전에 낭독회를 할 예정이었다. 나만 읽는 것이 아니라 워크숍이 끝나면 학생 중에 희망자도 낭독하도록 했다. 청중 앞에서 읽으니 학생들이 꽤 긴장한 듯했지만 청중의 반응은 좋았다.

다 끝나고 나서 청중 한 사람이 다가왔다. 대학에서 중국어와 일본어를 병행해 공부하고 있는데 많이 실망했다, 일상 회화에서 쓰는 단어가 영어 외래어 천지고 아름다운

단어와 재미있는 단어를 좀체 마주칠 수 없어 새비가 없다
는 고민을 털어놓았다. 모처럼 의욕을 가지고 일본어 공부
를 시작했는데 티브이, 컵, 버스, 타월, 테이블, 도어, 커튼,
볼펜만 배우고 있으면 당연히 누구나 고개를 절레절레 저
을 것이다. 영어를 변형한 말들로만 보일 뿐이다. 더구나 이
단어가 읽기 편하다면 괜찮은데 반대로 더 어렵다. 일본어
를 배운 지 2년이 지난 한 독일인 학생에게 물었다. 독일항
공 루프트한자^{Lufthansa}를 가타가나로 쓴 단어 'ルフトハンザ'
를 보여주며 "이게 무슨 글자인지 아세요?" 하니 학생은 아
무리 생각해도 모르겠다고 했다. 학생 머릿속에서는 이 가
타가나가 'rufutohanza'니 'Lufthansa'와 전혀 관계가 없는 것
이다.

　중국어를 배우는 것이 더 재미있지 않을까. 화장실 휴지
는 '手紙'^{손종이}이고 티브이는 '電視機'^{전기를 이용해 보는 기계}이니 지적
인 자극이 있다. 그에 비하면 일본어는 아주 게으르다. 'テ
レビ'^{테레비}라는 일본어도 television을 일본어식으로 발음했을
뿐이고 전부 말하는 건 또 귀찮아 아예 반을 잘라버렸다. 게
다가 원래 단어는 'tele'^{원거리}와 'vision'^{환영} 사이를 끊는데 'テレ
ビ'는 이것과 아무 관계 없는 곳에서 끊었다.

　독일어로 티브이를 'Fernseher'^{먼 곳을 보는 기기}라고 하는데, 일
본어도 그런 식으로 티브이를 '원거리 환영'이나 '전기 그림

극'으로 번역해도 좋지 않았을까. '천리안극'이나 단순히 '멀리 보기'여도 좋았을 것 같다. 슈투트가르트에서 돌아오는 기차에서, 커튼은 '눈가리개', 화장실 휴지는 '하반신 정화', 볼펜은 '구슬붓'으로 하면 좋을 것 같다고 여러 번역어를 떠올렸다. '전자계산기', '휴대전화'처럼 살아남은 말도 있는데 옛날에 전자두뇌라고 부르기도 했던 컴퓨터는 어찌하여 컴퓨터로 굳어졌을까.

　가타가나 때문에 화가 치미는 날은 가타가나 없이 글을 쓰려고 한다. 그러면 문장이 무거워지고 지루해지며 강약이 사라진다. 또 한자 때문에 화가 치밀어 히라가나로만 글을 쓰면 문장이 흐느적거려 그림이 나타나지 않는다. 역시 가타가나, 한자, 히라가나를 다 섞어 쓸 수밖에 없다. 이 모두가 일본어가 짊어진 역사니 할 수 없다. 시나 소설은 이 결점을 의식적으로 도입하면 재미있다. 요시마스 고조吉增剛造의 시가 좋은 예다. 그렇게 생각하니 조금 기운이 났다.

바르셀로나
무대동물

바르셀로나에서 전철을 타고 한 시간쯤 가면 지중해와 접한 아름다운 작은 마을 카네트 데 마르가 있다. 극단 라센관은 이 카네트와 일본 효고현 양쪽에 연습실을 두고 활동한다. 요즘은 베를린 판코우에서도 활동을 해 활동 장소가 삼각형이 됐다. 극단은 유럽은 물론이고 세계 여러 도시에서 공연한다. 다언어 연극을 한다는 점이 특히 내 관심을 끈다.

일상에서 쓰는 언어와 일에서 쓰는 언어가 다르고, 또 모어도 다른 사람이 지금 시대에는 많이 있다. 라센관은 이런 현대의 언어 상황을 적극적으로 활용하며 활동한다.

2002년 5월에 라센관이 내가 쓴 희곡「산초 판사」^{サンチョ・パンサ}(2000)를 베를린에서 공연한다고 하여 보러 갔다. 장소는 '쿨투어브라우어라이'^{문화양조장}란 곳으로 옛날에는 맥주 공장이었다. 커다란 광장이 있고 갤러리, 영화관, 악기점, 문학센터, 레스토랑이 있으며 연극을 할 수 있는 장소 몇 군데가 있다. 〈산초 판사〉를 공연한 공간은 그중에서도 공장 폐허의 분위기가 강하게 남아 있는 곳이었다.

나는 솔직히 연극은 잘 모른다. 그래도 지금까지 몇 번인가 희곡 비슷한 것을 썼다. 희곡을 장르로 선택해 쓰지는 않았다. 다만 어떤 텍스트도 소리나 움직임이 되려는 경향이 있다고 생각해 글을 썼다. 그걸 잘 이해하는 라센관은 나에게 무대동물이자 독서 집단이다.

글을 쓰면서 하나의 단어는 얼마만큼의 시간을 갖는지 생각할 때가 있다. 소설을 읽을 때의 속도가 아니라 시집을 읽듯 천천히 내 소설을 읽어주면 좋겠다. 단어와 단어 사이의 관계가 뇌세포 안에서 펼쳐지는 데 시간이 필요하기 때문이다.

내용을 빠르게 요약하며 활자를 좇는 습관이 있는 사람은 내가 쓴 글을 묵독하면 뜻을 잘 모르는 경우가 있는 것 같다. 하나의 단어는 연상시키는 그림을 이리저리 날린다. 그걸 잡고 다음 단어와 연결하려면 어느 정도 시간이 필요하다. 빨리 읽어서는 안 된다. '어둡다'라는 말 뒤에 '밤'이란 말이 이어진다면 자기가 그 연결점을 찾지 않아도 된다. 하지만 연결되지 않는 두 단어, 두 문장, 두 그림이 이어질 때에는 둘 사이의 연결점을 자기가 찾으며 읽어야 하므로 시간이 걸린다. 정답이 있지는 않기에 이는 수수께끼 풀이가 아니라 일종의 창조다. 혼자서 묵독할 때보다 낭독으로 들었을 때 내용을 더 많이 느낄 수 있었다고 말하는 사람이 많은 것도, 느린 속도 때문이다. 느린 속도를 더욱 발전시킨 연극이라면 글의 내용을 더 잘 느낄 수 있을 터다.

속도뿐 아니라 부드럽게 읽느냐, 일부러 턱턱 걸리게 읽느냐에 따라 의미가 다르게 나타난다. 일부러 턱턱 걸리며 단어를 끊어 읽으면 다양성이 펼쳐진다. '노케모노'のけもの, 왕따란 단어를 '노-케모노'들짐승로 발음할 때 그렇다.

라센관은 베를린 공연에서 하나의 문장을 잘라서 발음하고 일그러뜨려 발음했다. 독일어, 일본어, 스페인어, 이탈리아어로 몇 번이고 반복해 발음하고 소리가 쌓여가는 동안, 언어는 정보 전달의 의무에서 해방돼 음악으로 변했다. 이걸 지켜보는 사람은 쏟아지는 소리의 단편들 속에서 천천히 자기만의 형체를 만들어간다. 그때 '의미'보다 더 입체적인 것이 드러난다. 현대라는 시대는 평평한 묘사와 정의만으로는 이해할 수 없다. 여러 소리가 날아다니는 공간으로 이해해야 한다.

나에게 텍스트는 하나의 메시지를 전달하는 수단이 아니라 계속 새로운 그림을 생성시키는 건축이기에, 무대는 그걸 짓는 데 필요한 시간과 공간을 가질 수 있어 좋다.

언어가 변신하는 데는 여러 방법이 있다. 속도 조절, 단편화, 반복, 번역, 외국어 학습의 어려움을 역으로 이용하기 등이다. 라센관의 공연에는 시칠리아 섬, 동베를린, 볼리비

아 등 여러 곳에서 온 배우가 출연했다. 각자 자기 고향의
언어도 말하고 독일어도 말했다. 일본인이 스페인어를 말
하거나 다른 나라 사람이 일본어를 말하기도 했다. 만약 각
자 자기 언어만 말한다면 바벨탑 이야기가 되거나 뿌리 찾
기 이야기가 될 위험이 있다. 하지만 이 공연에서는 한 사람
이 복수의 목소리를 가진다. 사람이 여럿 있으니 목소리가
여럿 있는 것이 아니라 한 사람 안에 여러 목소리가 있다.
그러니 조국이란 환상에 매달려도 소용이 없다. 지금 현재
'여기'에서 함께 생활하는 사람들과 언어를 주고받으면서
'이동하는 사람'들끼리 복수의 언어를 만들어가야 한다.

　'사투리'를 쓰는 방식도 재미있었다. 각자가 과거에 어
디에서 살았고 어떤 사람들과 어떤 이야기를 주고받으면서
살아왔는지가 그 사람이 지금 하는 말 속에 남아 있다. 예
를 들어 일본인이 말하는 독일어에는 일본어 리듬이 남아
있는 것처럼, 슬라브어계 사람의 독특한 독일어, 미국인이
말하는 독일어는 모두 '사투리'가 다르다. 몇십 년간 독일에
살았어도 독일어 사투리 안에 들어 있는 과거의 기억이 배
우가 하는 말 속에서 되살아난다. 물론 같은 일본인이어도
과거에 어디에 살았고 누구와 이야기를 했는지에 따라 사
투리를 쓰는 방식이 다르다. 사투리는 개별 기억인 것이다.
그래서 개별 기억인 사투리를 의식적으로 확대해, 교토 사

투리로 스페인어를 말하는 장면도 있었다. 또 가부키 배우처럼 독일어를 말하는 장면은, 이동하는 사람들은 말하는 리듬과 말하는 언어가 반드시 일치하지 않는다는 점을 다시금 깨닫게 해주었다. 공연을 보러 온 독일 사람 한 명은 "아, 일본어를 말하고 있군, 하고 기분 좋게 듣고 있는데 갑자기 뜻을 알아들어 놀랐어요. 왜 갑자기 일본어를 알아들었나 놀라서 잘 들어봤더니 독일어였네요"라고 말했다.

모스크바
안 팔려도 상관없다

도쿄외국어대학에서 심포지엄이 있었을 때 나는 '眼鏡を
かける'안경을 쓰다, 'アイロンをかける'다리미질을 하다, '小說の續き
が書ける'소설의 다음 이야기를 쓸 수 있다, '月が欠ける'달이 기울다 등 'かけ
る'가케루 말놀이를 하며 텍스트를 낭독했다. 그러자 나중에
러시아에서 온 일본문학 연구자(이자 추리소설가)인 보리스
아쿠닌Boris Akunin이 "그렇게 번역 불가능한 글을 쓰면 곤란해
요" 하고 말했다. 가케코토바掛詞(한 음에 둘 이상의 뜻을 담은 언
어유희로서 일본 전통 시에서 자주 쓰인다. _옮긴이 주)라는 수사법에
서 알 수 있듯이, 나는 동음이의어는 즐거운 말놀이고 문학
의 강력한 아군이라고 말하고 싶었다. 확실히 동음이의어
를 번역하기는 어렵다. 생각해보면 내가 독일어로 쓴 글은
일본어로 쓴 글 이상으로 말놀이가 많다. 독일어 안에서 착
상을 떠올리고 언어에 몸을 기대듯 연상을 해가며 글을 쓰
기 때문이다.

　하지만 말놀이가 꼭 번역 불가능하다고는 할 수 없다.
한 예로 일본어로 번역한 셰익스피어 작품을 보면 곡예를

부리듯 말놀이를 번역한 부분이 백미다. 말놀이와 맞닥뜨리면 재능 있는 번역가는 도리어 정열이 불타 문학 감각을 여지없이 발휘한다.

그래서 하나의 언어에 갇힌, 번역하기 까다로운 문학을 힘들게 번역하는 일은 언어의 한계에 다다른 듯한 전율이 있어 문학적으로도 재미있다. 프랑스문학자 아사히나 고지朝比奈弘治가 번역한 레몽 크노Raymond Queneau의『문체 연습』Exercices de style(1947)도 그 좋은 예다.

슬라브문학자 누마노 미쓰요시沼野充義의『W문학의 세기로』W文學の世紀へ(2001)를 읽었더니 다음과 같은 말이 쓰여 있었다. 한 페이지에 오역 한두 개는 있다, 오역이 없는 번역서는 존재하지 않는다, 그렇다면 300쪽 되는 책은 오역이 오륙백 개 있는 셈이다. 굉장히 신선했다. 번역 경험이 조금이라도 있는 사람은 그것을 어렴풋이 느끼지만 이렇게 명확한 문장으로 써 있는 건 처음이다. '오역'은 옳고 그름을 따지는 도덕과 별개로 언어의 경계를 해독할 가능성이 있다고 생각한다.

번역가가 있으니 무엇이든 국경을 넘어서 자유롭게 흐른다고 생각하면 큰 착각이다. 이 세계 대부분의 텍스트는 아직 번역이 되지 않았거나 이미 오역이 됐거나 둘 중 하나다. 그렇게 생각하고 주변을 둘러보면 한 가지 색깔로 된 세

계도 다채롭게 보인다. 오역이란 짐을 지지 않고는 여행을
할 수 없다. 그러나 오역과 옳은 번역은 거짓말과 진실처럼
대립하지 않는다. 둘 다 '번역'이고 여행이며, 과장하면 색깔
이 다를 뿐이다. 언어는 전부 서로 다르니 완벽하게 옳은 번
역이란 없다. 누마노는 오역이 있다고 작품 번역이 나쁜 건
아니라는 소중한 가르침을 썼다. 그것이 번역의 재미있는
부분이다. 틀린 번역을 찾는 것만큼 쉬운 일도 없다. 경험이
얕은 어떤 초보 번역가도 경험 많은 번역가의 실수를 찾아
낼 수 있다. 그 지적이 맞을 때도 있고, 잘 생각해보면 역시
오역이 아니라 경험 많은 사람만 할 수 있는 '완곡어법'일
때도 있다. 언어가 담은 정보를 중시하는 사람이 있는가 하
면 언어의 효과를 중시하는 사람도 있다. 주제나 문체를 중
시하며 번역할 수도 있다. 한 예로 조르주 페렉Georges Perec의
중편소설 중에 e를 쓰지 않은 『실종』La Disparition(1969)이란 작품
이 있다. 프랑스어에서 e를 안 쓰기란 매우 어렵다고 한다.
이 작품은 독일어판에서도 e를 쓰지 않았다. 독일어에서도
e를 안 쓰기는 매우 어렵다. 독일어 번역가는 e를 절대 쓰지
않는다는 주제에 가장 큰 중점을 두었다고 말할 수 있다.

　　시대라는 요소도 과연 '옳은' 번역이 있는지 의문이 들
게 한다. 셰익스피어 작품의 등장인물은 에도 시대 일본어
를 쓰는 것이 옳을까 아니면 지금 일본 고등학생이 쓰는 말

을 쓰는 것이 옳을까. 번역가는 끊임없이 결단으로 몰리고 결단을 내릴 때마다 조금씩 피가 흐른다. 번역가는 어쩌면 상처를 드러낸 채 장거리를 달리는 사람인지도 모른다. 달리는 사람은 괴로운데 관객이 상처를 가리키기는 쉽다.

원서에는 '오역'이 없다. 하지만 일본에서 새로운 문체를 추구하는 문학을 자주 '서투른 번역' 같다고 말하는 걸 보면, 문학이 새로운 무언가를 만들었을 때 문학도 하나의 번역이라는 성격이 드러나는 게 아닌가 싶다.

문학이 원본이라 해도 오역처럼 뒤틀림과 공백이 가득하고, 그 공백이 문학을 유동적으로 만든다. 만약 번역이 필요악이라면 문학 역시 필요악이다. 아니, 번역은 필요하지도 않은 악, '불필요한 악'인지도 모른다. 그러나 누마노가 쓴 대로 악은 악만의 기쁨이 있고 그 기쁨은 때로는 선 이상이다. 불필요한 악이라면 더욱 좋다.

작가 시마다 마사히코島田雅彦와 야마다 에이미山田詠美, 그리고 누마노와 나는 2002년 3월에 모스크바에 갔다. 보리스 아쿠닌과도 또 만났다. 블라디미르 소로킨Vladimir Sorokin, 타티야나 톨스타야Tatyana Tolstaya, 빅토르 펠레빈Victor Pelevin 등 현대 러시아 작가와 대담하는 자리가 있었다.

모스크바에서 러시아 전위미술 전시회도 보았다. 알렉산드라 엑스터Aleksandra Ekster의 그림을 보고 한눈에 반했다. 색

깔과 형태가 웅성웅성 엉키며 건축물을 만들어간다. 완성
된 건물의 우울한 무거움도 없고, 형태 없는 그림이 지닌 무
기력도 없다. 건축물을 만드는 과정도 건축가의 치밀한 설
계도가 아니다. 밤에 사람들이 다 돌아가고 공사 현장에 남
은 막대관, 널빤지, 못이 달빛을 받으며 미치도록 춤을 추는
광경이 떠오른다. 무섭게 매혹되고 아무리 봐도 질리지 않
는다. 전시회 책자는 엑스터가 그린 무대와 무대 의상도 실
었다. 엑스터에게 연극은 움직이는 그림이 아니었을까.

　　모스크바에서 함부르크로 돌아오니 우연히도 미술공예
박물관에서 러시아 전위미술 전시회를 하고 있었다. 그전
에 했던 러시아 전위미술 여성작가 전시회 책자도 팔고 있
어서 샀다. 이 전시회는 전위미술에서 사회주의 리얼리즘
으로 변화한 움직임을 단절이 아니라 하나의 연속적 흐름
으로 다루었다. 그런데 어느 쪽인지 모를 작품도 꽤 있어서
놀라웠다. 전위미술은 동그라미고 사회주의 리얼리즘은 엑
스라며 단순한 흑백사진으로 역사를 바라보는, 나같이 단
순한 사람을 바늘로 찔러 깨우는 전시회일 테다. 이 전시회
를 본 뒤로는 나탈리야 곤차로바Natalia Goncharova가 그린 민중
농민과 성화 같은 조용한 성직자가 다르게 보였다. 그림 속
네모진 어깨를 더 네모지게 활짝 펴고 비스듬히 기운 턱을
똑바로 하면 사회주의 리얼리즘이 된다고 불안을 느끼며

보게 됐다. 아무래도 인물이 너무 자명하고 육체가 확실한 점이 문제인 것 같다. 몸에서 고독이 느껴지지 않고 사람들은 농사를 짓고 공장노동을 하며 완전히 사회의 일부가 됐다. 이 그림은 어쩌면, 몸이 이제 없어졌다고 느꼈을 때 생각해낸 모델이 아닐까. 이상하게 시치미를 뚝 뗀 듯한 느낌이다. 사람들이 강인한 몸을 다시 가지길 바라는 마음을 이용해, 정부가 자본주의 혹은 사회주의 경제에 이바지하도록 이 모델을 강요한 것이 아닐까.

　　이것은 그림의 문제가 아니라 러시아의 문제이기도 하다. 이상하게도 자본주의 나라 일본도 '이마에 땀을 흘리며 일하는 순수한 서민'이라는 눈속임 그림을 강요한다. 소위 실험예술을 공격하기 위해 이 '서민'상을 이용한다. 소설가 쇼노 요리코笙野賴子는 에세이 『돈키호테의 '논쟁'』ドン・キホーテの「論爭」(1999)에서 이 '순문학 때리기'를 비판했다. 일부 언론이 '독자에게 봉사하지 않는' 작가나 '일하는 평범한 사람의 모습을 그리지 못하는 작가'를 비난한다. 팔리지 않아서 비난하는 것이라면 그저 배금주의라며 웃고 넘어가겠는데 '서민의 적'이라고 비난한다. 이런 일이 소련에서 일어난 것은 하나도 놀랍지 않은데 일본에서 일어나다니 희한할 뿐이다. 왜냐면 소련에서는 노동자의 생활을 보장했고 작가도 체제를 비판하지 않는 한 생활을 보장했기 때문이다. 작가동맹

회원이라면 소설을 쓰지 않아도 나라에서 월급이 나왔다. 1980년대에 나는 작가만 살 수 있는 아파트, 작가만 물건을 살 수 있는 가게에 간 적도 있다. 이런 체제에서 나라가 '노동자가 나라의 주인공이니 소설 주인공도 노동자여야 한다'라며 세금으로 먹고사는 작가에게 노동자에게 봉사하라고 강제하면, 나쁜 정부지만 이치는 맞다. 하지만 일본은 일하는 사람이 '나라의 주인공'이라고 할 정도로 일하는 사람의 생활을 보장하지 않는다. 이런 상황에서 전위예술을 비난할 때만 일하는 사람을 끄집어내는 것은 노동자에게 피해를 주는 일 아닌가. 또 소설가도 나라 세금으로 먹고사는 것이 아니니 공무원처럼 누구에게도 봉사할 의무가 없다. 그런데 일본에서는 사람들 마음속에서 비밀경찰이 산문 실험을 금지한다.

실험소설이니 전위예술이니 허풍을 떨지만 내가 여기서 문제 삼는 건 특별히 '어려운' 소설이 아니다. 어떤 언어를 썼는지, 어떤 문체를 썼는지, 문학의 역사와 방법을 의식하며 썼는지 여부로 단순하게 나누어, 극단적 실험문학만 가리키는 것이 아니다. 그 정도는 글을 쓸 때 최소한으로 갖추어야 한다. 계속 논리를 따지고 판단을 하며 글을 써야 한다는 뜻이 아니다. 글을 집중해서 쓸 땐 설명할 수 없는 도취 상태에 빠져 헤맬 때도 있고 무의식 속으로 온갖 것이 섞여들기도 한다. 그렇지만 '인간'은 자명하지 않고 언어는 마음속에서 저절로 흘러나오지 않는다. 이것을 항상 자각하고 있어야 한다. 현대 러시아 소설가를 봐도, 블라디미르 소로킨이든 빅토르 펠레빈이든 자기만의 확실한 의식이 있었다.

대담에서 소로킨은 "내 작품을 독자가 어떻게 생각하든 전혀 상관하지 않아요"라고 말했다. 유럽 작가는 이런 말을 평범하게 하는데 일본은 확실히 작가가 이런 말을 잘 하지 않는다. 예상대로 야마다 에이미가 "독자를 신경 쓰지 않는다니 믿을 수 없는데요" 하고 바로 반론했다. 그 자리에서는 그대로 의견이 갈린 채 끝났지만 나중에 다른 이야기를 나눌 때 소로킨이 말했다. "일본에 있을 때 제 소설 일본어판이 나오자 갑자기 여성들 사이에서 인기를 얻은 것 같아 기뻤어요." 그 말이 끝나자마자 야마다가 맞받아쳤다. "독자 따위 개의치 않는다던 먼젓번 말은 역시 거짓말이었나요?" 야마다의 날카로운 인간 관찰과 빠른 반응에 놀랐다. 순간 머쓱해진 소로킨을 보고 나는 웃음이 나왔다. 하지만 뒤에 곰곰이 생각하니, 창작을 할 때 독자를 가정하지 않는 것은 작가의 현명함이고 잘 팔리는 소설을 써서 여성에게 인기를 얻고 싶은 것은 인기를 바라는 남성의 어리석음이다. 둘 사이에 직접 관계는 없다고 생각한다.

　모스크바의 얼굴은 내가 자주 왔던 1980년대와 달랐다. 소련 붕괴 후 맥도날드가 생겨서 '햄버거', '치즈버거'를 그대로 키릴 문자로 썼다. 그걸 보자 피식 웃음이 나왔다. 독일 사람이 일본어를 공부해 일본에 왔는데 가타가나로 쓴 '햄버거'를 보고 웃고 말았다는 그 기분을 이제야 알았다. 키릴 문자로 햄버거를 쓴 걸 보니 일본 같았다. '크레디트'나 '뱅크'라는 말을 키릴 문자로 쓴 걸 보니, 우리 러시아는 자본주의에 오염됐어요, 하고 의기양양하게 외치는 것 같아 약간 오싹하다. 나는 독일이란 나라에 대해서는 깊이 생각한 적이 없지만 러시아에는 감상적 애착을 오랫동안 갖고 있다. 하지만 내 감정도, 가타가나로 쓴 '크레디트'를 보고 '잃어버린 아름다운 아시아'를 슬퍼하는 일본 애호가의 감정과 같아서 큰 의미 없는 감상주의일 수 있다. '러시아 애호가'가 되기보다는 현재 러시아를 더 많이 읽고 방문하고 싶다.

마르세유
언어가 해체될 때

마르세유는 함부르크 같은 항구 도시다. 작가 교류 프로그
램이 열려 1999년 여름 열흘 동안 마르세유에 머물렀다. 통
역의 도움을 받으며 작가들이 서로의 작품을 읽고 번역하
는 프로그램으로, 매년 두세 명씩 상대 작가의 도시를 방문
한다. 요아힘 헬퍼Joachim Helfer는 함부르크에 사는 작가여서 나
와 함께 마르세유에 갔는데 프랑스어를 잘했다. 마르세유
에 사는 작가 중에는 독일어를 잘하는 사람이 없었다.

통역사가 붙어서 우리는 도서관의 한 작업실에서 아침
부터 밤까지 죽 있었다. 이렇게 해서 무슨 도움이 된다는 거
지, 2, 3일이면 괜찮은데 열흘 동안 하는 건 너무 길지 않나,
하고 생각했지만 주최 측의 열의 있는 한 여성은 짧으면 의
미가 없다고 말했다. 나는 그럴 수도 있겠다며 마음을 접고
주최 측 계획에 따르기로 했다.

지금 생각하면 여러 측면에서 나에게 이만큼 도움을 준
기획은 없었기에 참여하기를 잘했다. 나중에 내 책 두 권을
프랑스어로 번역해준 베르나르 바눈을 만난 곳도 마르세유

다. 또 매일 아침부터 밤까지 모르는 언어를 귀로 들으며 이
제껏 체험한 적 없는 특별한 정신 상태를 체험할 수 있었다.
나는 젊은 작가 베로니크 바실리우Véronique Vassiliou와 같은 조
였는데, 바실리우가 한 말과 내가 한 말을 통역사가 통역하
는 것을 듣는 데만 하루 네 시간이나 걸렸다. 프랑스어를 모
르니 들어도 '소용이 없고' 귀를 막는 것이 낫지만 회화하는
중에는 몸 전체가 귀가 된다. 듣는 것 외에 다른 방도가 없
고 들어도 소용없다는 기분도 들지 않는다. 말의 울림과 울
리는 모양, 체온, 빛이 있어 묘한 충족감을 준다. 거기에는
모든 것이 있지만 의미만 없다.

　밤이 되면 이상한 일이 일어났다. 마약에 취한 사람처
럼 태어나서 처음 꾸는 꿈을 잇달아 꾸었다. 천연색 뱀이 생
기 넘치게 땅바닥을 기어다니고 나무 새싹은 빛을 받아 반
짝거린다. 새싹이 띤 푸른색은 새싹을 바라보는 나와 새싹
사이의 벽을 넘어 내 안으로 퍼져 들어온다. 뱀과 새싹의
'실체'는 뚜렷한 언어로 나타난다. 그 언어는 추상적이지 않
다. 살아 있는 언어이고 이 이상 육체와 가까울 수 없을 만
큼 가깝다. 내 감정은 갑옷과 옷을 벗고 나체로 서 있다. 공
기가 조금만 흔들려도 울음이 나오고 소리를 지른다. 누군
가를 죽이고 싶다. 이대로 있다가는 큰일이 일어날 것만 같
다. 언어와 사물의 구별이 사라져 신경이 무방비 상태가 됐

으니까. 내가 비밀스럽게 바랐던 세계는 이런 세계였나. 무섭지만 처음 살아본 밀도 높은 삶이다. 어쩌면 언어의 본질은 마약이 아닐까.

워크숍이 끝난 다음 날, 마르세유의 한 소극장에서 낭독회를 했다. 또 그다음 날은 모두 다 같이 함부르크로 날아가 낭독회를 하기로 했다. 나는 함부르크 택시 안에서 요아힘 헬퍼와 이야기를 나누었다. 아직 워크숍의 열기가 뜨겁다. 시간이 가는 줄도 모르고 대화에 깊이 빠진 나머지, 운전사가 이상한 길로 가는 것을 알아채지 못했다. 공항에서 외길을 직진으로 쭉 달리면 되는데 주택가를 한 블록씩 좌우로 꺾으면서 쥐처럼 달리고 있었다. 게다가 엄청난 속도로. 자세히 보니 아는 건물이 어둠에 가려져 보였다 안 보였다 하고 방향도 맞다. 직진으로 뻗은 큰길을 달리면 될 텐데 왜 이런 번거로운 일을 하는 걸까. 젊은 운전사는 이를 꽉 다물고 있다. 아, 나는 깨달았다. 우리가 운전사의 존재를 무시하고 젠체하며 문학이 어쩌고 떠들고 있으니 소외감이 들고 못마땅한 것이다.

전에도 이런 경험이 있었다. 일본은 택시 운전사가 몸도 마음도 프로인데, 독일은 원래 교사였거나 생활고에 시달린 시인 또는 예술가였던 사람이 택시 운전사일 때가 많다. 이 손님들, 자신들은 잘난 듯 문학을 하면서 나는 하찮은 운

전사라고 생각하나 보네, 하고 확 액셀을 밟은 것이리라. 도
시는 곧 운전사의 언어고 골목길은 운전사만 알고 있는 문
법이다. 운전사는 미로를 달리는 생쥐처럼 뱅글뱅글 커브
를 꺾으며 달린다. 나는 멀미를 느꼈고 울고 싶었다. 모처럼
집에 돌아왔는데 택시 운전사에게 핸들을 뺏기다니. 이것
은 지난 며칠 동안 프랑스어 안에서 나를 잃어버렸던 시간
의 연속 아닌가.

생각해보면 긴 시간 동안 뜻도 이해하지 못한 채 귀로
들은 언어는 프랑스어가 유일하다. 그래서 프랑스어는 내
안에서 '순수언어' 자리를 차지했다. 워크숍을 몇 년이고 계
속한다면 바로 프랑스어를 공부해야겠지만 지금 상태는 뭔
가 버리기 아까운 낙이 있다. 결국에는 프랑스어를 공부하
겠지만 그때까지 집행유예 기간을 소중히 하고 싶다. 전혀
이해할 수 없는 상태, 조금만 이해한 상태는 얼마만큼 창작
의 자극을 줄까. 독일어는 필사적으로 매달렸기에 그러한
상태를 관찰할 여유가 없었다. 하지만 지금은 말을 잘 전달
할 수 없는 상태에 몸을 맡길 수 있을 것 같다. 넘어지고 구
르면서도 자기를 크게 상처 입히지 않고 자세하게 관찰을
기록할 수 있을 것 같다. 사람은 회화를 할 줄 알게 되면 회
화만 한다. 그것도 그것대로 좋지만 언어는 더 알 수 없는
힘이 있다. 나는 어쩌면 의미에서 해방된 언어를 꿈꾸는 것

인지도 모르겠다. 내가 모어 바깥으로 나온 것도, 여전히 복수의 문화가 겹치는 세계를 꿈꾸는 것도, 낱낱 언어가 해체되고 의미에서 해방돼 소멸하기 직전까지 가보고 싶기 때문이다.

2부

말들의 생활 (독일편)

공간
청소부는 공간을 돌본다

함부르크대학에서 공부하던 시절, 대학에 재미있는 강의가 있다는 말을 듣고 지인에게 전화를 걸었다. "강연은 어디 Zimmer에서 해요?"라고 묻자 지인은 전화 저편에서 가볍게 웃었다. 그러고는 장소를 가르쳐주었는데 왜 웃었는지 계속 신경이 쓰였다. 얼마 안 가 대학 강의실은 Zimmer라고 말하지 않는다는 것을 알게 됐다. 강의실을 뜻할 때 Klassenzimmer는 괜찮은데 Zimmer만 말하면 이상하다. 나는 "강의는 어디 Raum에서 해요?"라고 물었어야 했다. 사전을 찾아서 안 것은 아니다. 몇 년이 지나서 그때 일이 갑자기 생각났다. Zimmer는 확실히 카펫을 깔고(안 깔아도 되지만) 가구가 있는 따뜻한 개인 공간의 느낌이고 한산한 강의실과는 동떨어진 이미지이다. 그동안 사람들과 대화를 하면서 말의 단순한 정의를 넘어 그 뜻을 알게 됐다. 내 머릿속에 이미지가 축적됐다고 말할 수도 있겠다.

사람이 사는 거실과 침실은 Raum이라 말해도 된다. 기본적으로 공간은 모두 Raum인 것이다. 그러니까 이 단어는 의미가 매우 넓다. 추상적 개념으로 시간과 공간을 말할 때도 '공간'은 Raum이다. 독일어에서 재미있는 부분은 일상에서 쓰는 단어와 철학책에 나오는 단어가 동일한 점이라고 많이들 말한다. 그래서 일상 한가운데에 펼쳐진 장면과 추상적 사고를 직접 연결할 수 있다.

예를 들면 Raumpflegerin이란 직업이 있다. 흔히 Putzfrau라고 말하기도 하는데 청소부란 뜻이다. Raum은 어쩐지 추상적 무기물의 비인간적인 느낌도 준다. 하지만 이 단어는 청소 일을 객관화하여, 역사에서 달라붙은 차별의 때를 닦는 시도일 수도 있다. 직역하면 '공간을 돌보는 사람', '공간 간호사'라 말할 수 있겠다. 그렇다면 방이 더럽거나 어질러진 것은 방이 병에 걸렸다는 말이다. 이 예에서 알 수 있듯이 서투른 직역은 시적 효과를 낳기도 한다. 이 Raum에 t를 붙이면 Traum, 즉 꿈이 된다. 긴카 슈타인박스Ginka Steinwachs라는 시인은 이 점을 살려서 청소부라는 단어 앞에 t를 붙여 Traumpflegerin, 즉 '꿈을 돌보는 사람'이란 단어를 만들었다.

독일 고속열차 ICE는 좌석을 예약할 때 Grossraum일반 좌석인지 Abteil칸막이 좌석인지 묻는다. 수영장 탈의실도 Umkleider-aum이라고 말하는 등, Raum은 일상생활에서 쓰는 단어에 자주 등장해 나는 전화 일을 점차 마음에 두지 않게 됐다. 그래도 이 단어는 여전히 추상적이다. 창고는 Abstellraum이

라고 말하지만 Abstellkammer라고도 말한다. 이 Kammer^방
는 Zimmer보다 어둡고 먼지투성이라는 나만의 이미지가
있는데, 특별히 먼지투성이가 아니어도 Kammer라고 말한
다. Kammer가 어둡고 먼지투성이에다가 사람이 잘 안 들어
가는 공간만 가리킨다면 Kammermusik^{실내악}에 실례다. Kam-
mer는 좁은 공간을 가리킨다고 말하는 것이 정확할까.

Spielraum^{활동의 여지}이란 말이 있다. 일상에서 아주 자주 쓴
다. 일정을 짤 때, 서두르지 않고 미리 시간적 여유를 두는
게 융통성이 있다는 뜻이다. 일단 공간이 없으면 움직일 수
없다는 감각에서 나온 말일 테다. spielen^{놀다}이라는 말도 의
미가 넓다. 이 평범한 단어가 얼마나 넓게 쓰이는지 현기증
이 날 정도다.

내가 좋아하는 단어 중에 Zwischenraum이 있는데 무엇
과 무엇 사이에 있는 공간을 말한다. 일본어로는 번역하기
까다롭다. 일본어는 '공간'^{空間}이란 단어 안에 이미 zwischen<sup>사
이</sup>의 뜻이 들어 있기 때문이다.

얼마 전에 슈바르첸베르크라는 지역에서 열린 문화 축
제에서 어떤 기획에 대해 토론했다. 그 기획은 다음과 같다.
시인 열몇 명이 자연에서 좋아하는 장소를 찾아 그곳 풍경
을 시로 쓰면, 페터 춤토르^{Peter Zumthor}란 유명한 스위스 건축가
가 그 장소에 작은 건물을 지어 건물 안에 시를 설치한다.

방문자는 미 을과 마을 사이의 논밭과 작은 숲들 사이를 산
책하며 시인이 쓴 시를 읽고 한 바퀴 둘러본다. 시는 책이란
공간에서만 살지 않는다는 발상에서 나온 기획이다. 책 밖
에 지은 건물은 시를 위한 Raum이 될 수 있을까.

　토론 중에 재미있는 부분이 몇몇 있었다. 그중 하나는
발터 팬드리히Walter Fähndrich라는 음악가가 한 말이었다. 공간
이라는 그릇이 먼저 있고 거기에 사물이 들어가는 것이 아
니라 사물이 존재하는 것이 곧 하나의 공간이라는 말이었
다. 하나의 소리를 연주하면 그 소리는 이미 존재하는 공간
을 차지하며 태어나는 것이 아니라 새 공간을 만들며 태어
난다. 어떤 생각이 머리에 떠오를 때 그 생각은 이 세상에
공간을 만든다. 다시 말해 먼저 그릇이 있고 나중에 그것을
채우지 않는다. 언어를 생성하면 그 언어가 곧 공간이 된다.
문화를 만드는 것이 그릇을 만드는 것이라고 믿고 미술관,
콘서트홀, 문학관을 열심히 만들지만, 거기에 비해 내용에
는 관심이 없는 사람에게 들려주고 싶은 공간 이론이었다.

단지
작고 사소한 말의 힘

말은 사람을 상처 입히고 화나게 하고 안심을 시킨다. 예를 들면 nur라는 작은 단어가 있다. 일본어로는 보통 '밖에'しか, '단지'ただ, '만'だけ으로 번역하는데 이 설명으로는 nur가 사람 기분을 좌우하는 단어란 생각이 들지 않을 것이다. 하지만 나는 이 말로 몇 번 사람을 화나게 했다.

　지금도 분명히 기억나는 일이 있다. 독일 북부 방송국에서 인터뷰를 했을 때, 인터뷰가 끝나고 문화 프로그램을 연출하는 젊은 여성에게 물었다. "Arbeiten Sie nur für den NDR?"당신은 독일 북부 방송만 만드나요? 그러자 "Wieso? Das reicht doch!"그게 뭐 어때서요? 충분하지 않나요? 하고 불쾌하다는 듯한 대답이 돌아와 곤혹스러웠다. 독일 방송국은 재정난으로 인원 감축을 해서 계약직 프리랜서로 일하는 사람이 늘었다. 방송국 한곳에서만 일하지 않고 여러 곳에서 일하는 사람이 많다. 그래서 나는 혹시 다른 방송국에서도 문학 프로그램을 연출하는지 궁금해 그리 물은 것이었다. 그런데 그 사람은 모욕을 당한 기분인 것 같았다.

이 이야기를 독일 사람 B씨에게 했더니 B씨는 말했다.
"그 방송국 사람이 지나치게 반응했네요. nur가 나쁜 뜻은
아니잖아요."

그렇지만 역시 nur를 쓸 때는 주의해야 한다. 그로부터
시간이 좀 지나 시인 토마스 클링Thomas Kling과 대화할 때 새삼
느꼈다. 클링은 시인이라 당연할 수 있겠지만 말에 지극히
민감하다. 사람이 말하는 방식이나 말하는 태도가 마음에
안 들 땐 그 자리에서 직설적으로 말한다. 아마 오스트리아
그라츠의 한 카페에서 연극 이야기를 나눌 때였을 것이다.
나는 일본 노가쿠나 가부키 배우는 보통 옛날 일본어, 아니
면 그와 비슷한 말로만 대사를 읊는다고 말했다. 그러니 그
배우들과 같이 독일어 연극을 공연하려면 현대 일본어가
아닌 다른 일본어로 번역해야 한다고 말했는데, 그때 내가
nur를 썼다. 그러자 클링이 nur가 아니라 ausschliesslich오직겠
지요, 하고 즉시 말했다. 그 말을 듣고 확실히 그렇구나, 처
음 느꼈다.

입말에서는 이 두 단어의 쓰임새를 엄격하게 구분하
지 않는다. 하지만 비난하거나 경멸하는 말로 들릴 가능성
이 있다면 ausschliesslich를 쓰는 쪽이 좋다. 일본어 '밖에'しか,
'만'だけ도 조금 비슷할지 모르겠다. '저 사람은 독일문학만
연구해요'는 전문 분야를 말하는 것이니 할 수 없지만, '저

사람은 독일문학밖에 연구하지 않아요'는 다른 해야 할 일이 있다는 뜻이 담겨 있다.

그래도 ausschliesslich는 딱딱하고 약간 차갑다. 동사형 ausschliessen이 '밖으로 쫓아내다'란 뜻이기 때문인지, 나는 도무지 이 단어가 좋아지지 않는다. 내가 문학만 하고 음악도 안 하고 미술도 안 하는 것은 그렇게 하겠다고 단호히 결단 내렸기 때문이 아니다. 이것저것 하고 싶은데 능력과 시간이 부족해서 어찌하여 이렇게 됐다. 그래서 나도 모르게 "Ich schreibe nur"나는 쓰기만 해요라고 말해버린다. 상대방은 "nur라고 자주 말하네요, 문학만 하는 건 대단치 않다는 건가요?" 하고 웃지만 그래도 nur가 내 기분과 들어맞는 데가 있다.

ausschliesslich와 비슷한 의미의 단어로 lediglich뿐, 따름도 있는데 이 단어는 더욱 좋아하지 않는다. 지금 나는 유독 단어의 좋고 싫음만 말하는 것 같지만 사실 좋고 싫음은 언어를 배우는 데 참 중요하다. 학교 급식도 아닌데 '좋고 싫고 따지지 말고 전부 먹자'를 좌우명으로 삼아서는 언어 감각이 둔해진다. 어떤 단어가 싫을 땐 설명할 수 없어도 반드시 무언가 이유가 있으며 그 이유는 대개 개인의 기억이나 미학과 관련이 있다. 나는 과감히 좋고 싫음을 따지면서 그 이유를 사람에게 말로 전하는 노력을 하고 싶다.

참, 왜 내가 lediglich란 단어를 그다지 좋아하지 않냐면, 보통 "나는 내 의무를 다했을 뿐입니다", "나는 내 권리를 주장할 따름입니다"라고 말할 때 lediglich를 끄집어내기 때문이다. "나는 내 의무를 다했을 뿐입니다"는 경찰이 시위하는 사람을 체포해놓고선 주변에서 비난하면 써먹을 수 있는 핑계 대사 아닌가. 자폐적이고 감정이 없고 피곤하고 융통성이 없는, 서류의 얼굴을 한 단어다.

nur는 작고 예쁘다. '만, 밖에, 뿐'이 어디가 어떤가. 어느 한곳에만 중점을 두고 그걸 빛나게 하는 것이 nur다. Ich möchte nur Dich einladen나는 당신만 초대하고 싶다. Bei mir gibt es nur Gutes zu essen나에게는 맛있는 음식밖에 없다. 무언가를 제한하는 것은 그 가치를 높이는 것이기도 하다.

nur는 사람을 안심시키는 효과도 있다. Nur zu!재!와 Nur nicht angstlich!무서워하지 말고. 재!는 상대방을 안심시키고 격려한다. 그 점에서 einfach와 닮았다. '간단한, 그냥'이란 뜻인 einfach도 사람을 안심시킬 때 쓴다. 누군가가 대학 행정실에 가서 입학 수속을 물어보고 싶다고 하자. 아직 원서도 없고 체류 허가서도 없고 구청에 가봐야 할지도 모르고 돈도 없고 아르바이트도 정해지지 않았고 독일어도 능숙하지 않고 걱정이 태산이다. 또 대학 행정실 직원이 불친절할 가능성이 없지 않다. 이럴 땐 망설이는 사람에게 일단 한번 가

보라고 말하는 것이 제일 좋다. 우리는 그럴 권리가 있다고 격려하는 뜻으로 "Du kannst einfach hingehen und fragen, ob…"그냥 한번 가서 물어보는 게 어때?라고 말할 수 있다.

단지 사소한 말이 사람을 화나게 하기도 하고 안심시킬 수도 있는 것은 이상하다면 이상한 일. 재미있기도 하고 위험하기도 하다.

거짓말
동화, 음악, 연극

올해도 역시 독일 바덴뷔르템베르크 지역의 한 문학상 심사위원을 맡게 돼 투고 원고를 읽었다. 올해 주제는 '고양이가 말이라면, 올라타고 무성한 나무 사이를 달릴 수 있겠지'였다. 문학상에 주제가 붙은 것이 희한하다면 희한하다. 어떤 의미에선 재미있다. 물론 대학 입학시험에서 쓰는 소논문이 아니므로 주제를 부정해도 되고 간접적으로 다루어도 되고 슬쩍 스치기만 해도 되고 생소한 물건인 듯 인용만 해도 되고, 작가 자유다.

응모작을 읽으니 주제 '속담'에 다양하게 반응한 점이 재미있었다. "고양이는 말이 아니니 고양이를 말이라고 가정하는 것은 터무니없어", "나는 동화에는 관심 없어"를 등장인물 대사로 썼다.

독일어에 '그런 동화처럼 꾸민 이야기는 그만두시오'Erzähle mir nur keine Märchen란 말이 있다. 일본어에서도 '동화'는 비현실적인 이야기란 뜻으로 다소 경멸을 담아 사용한다.

허풍과 과장을 뜻하는 일본어 '繪空事'(繪는 그림을 뜻하고

空事는 거짓을 뜻한다. 그림은 실제와 다르게 과장하거나 미화하기 때문에 믿기 어렵다는 뜻이다. _옮긴이 주)도 현실적이지 않은 일을 비난하고 경멸할 때 사용한다. 거짓말을 비유하는 데 그림을 쓰는 건 그림에 실례다. 앞으로 "그건 '繪空事'네요"라는 말을 들으면 "그럼 사진이 더 정확하단 말씀인가요?"라고 되묻는 건 어떨까.

거짓말, 조작, 꾸며낸 이야기, 엉터리란 말을 나열해보면, 이야기를 지어낸 것, 즉 허구는 모두 나쁘게 들린다. 하지만 허구가 없어지면 큰일 난다. 허구는 사물을 이해하는 틀이기도 하기에 허구가 없어지면 분별력이 없어지고 살아가는 방향 감각을 잃는다.

미국 서점은 책을 크게 '픽션'과 '논픽션'으로 나눈다. 어이없이 단순하지만 손님은 알기 쉬운 실용적 구분이다. 독일은 조금 다르다. Fiktion이라 하면 훨씬 추상적인 '허구'를 뜻하고 장르를 가리키지 않는다. 나는 이쪽이 더 설득력이 있다. 자서전이나 역사책도, 엄밀히 말하면 작가가 자기 역사관에 따라 자료를 수집·해석·선택하고 공백을 메우고 재구성하는 글쓰기이므로 하나의 허구다. 일기도 나는 허구라고 생각한다. 허구는 거짓말이 아니라 언어를 빌려 건물의 기둥과 벽을 짓는 것이다.

미국의 픽션과 논픽션에 해당하는 장르를 독일은 문학

Literatur과 실용서Sachbücher로 구분한다.

　음악은 어떨까. 현실을 가공한 말을 비유할 때 픽션처럼 장르명을 쓸까. 연달아 거짓말을 하며 책임 회피를 하는 사람을 가리켜 저 사람은 푸가를 연주한다고 말하지 않는다. 여럿이 한패가 돼 거짓말을 하는 사람들을 가리켜 저 녀석들 현악사중주를 한다고 말하지 않는다. 독일어 관용어에서 가끔 바이올린이란 말이 나오는데 그것은 거짓말을 한다는 뜻은 아니다. '제1바이올린을 켜다'는 지도하는 역할을 맡는 걸 가리키고 '제2바이올린을 켜는' 사람은 가려진 존재를 가리킨다. '바이올린으로 빈틈없이 사실을 연주하다'jemandem gründlich die Wahrheit geigen는 '거짓말하다'와 정반대로 '숨김없이 사실을 말하다'라는 뜻이다. 음악을 거짓말의 비유로 쓰지 않는 것이다. 문학하는 사람으로서 질투를 해야 할까. 음악은 현실과 너무 달라 비유로 쓰지 않는 것일까. 문학이나 그림은 현실을 비추지만 현실이 아니라는 점이 거짓말처럼 보인다. 여기까지 썼을 때, 나팔고둥으로 만든 피리인 '나각을 불다'法螺を吹く, 허풍을 떨다란 말이 생각나 마음이 놓였다. 음악도 역시 거짓말인가 보다.

　연극은 본질이 거짓말이다. 자기 기분을 솔직하게 말하지 않고 무언가를 입증하려고 허풍을 섞어 불평을 늘어놓는 것을 Theater machen연극하다이라 말한다. 일본어에서도 '연

극하다'芝居する, 속임수를 쓰다, '연극 같다'芝居がかっている, 행동을 과장하다란 말을 쓴다. '과장된 몸짓을 취하다'見えを切る(가부키 배우가 절정의 순간에 눈에 힘을 주고 움직임을 멈추는 데서 유래한 말. _옮긴이 주)도 연극에서 온 말이다.

　연극과 본심. 독일 북부는 자기 기분을 가장하는 것을 극도로 꺼리는 경향이 있다. 거짓말 뒤에 숨어 본심을 드러내지 않는 것을 비유하는 말로 '가면'die Maske을 쓰기도 한다. 덧붙이면 일본어에도 '노가쿠 가면 같다'能面のよう라는 표현이 있다. 그런데 나는 이 표현에 약간 의문이 든다. 노가쿠 가면을 무표정으로 느끼는 사람이 정말 있을까. 내가 느끼기엔 노가쿠 가면이야말로 표현이 풍부하다. 차라리 '고양이처럼 본성을 숨기다'猫を被る, 내숭을 떨다라는 말이 더 재미있다.

　독일은 일본보다 일상에서 연기를 하는 것에 훨씬 강하게 반발심을 느낀다. "미국하고 일본은 가게 사람이 너무 친절해서 본심인지 그런 척인지 불쾌하다"라고 얘기하는 독일 사람이 많다. 내가 사는 함부르크도 가게 점원이 손님에게 퉁명스럽다. 특별히 불친절하진 않지만 물건을 사줬다고 생글생글 웃는 것을 안 좋게 생각한다. 그날 기분이 좋지 않다면 기분이 안 좋은 얼굴로 대하는 것이 솔직하다는 것이다. 나는 일본에서 자란 사람이라 물건을 사면 점원이 친절하게 대하는 것이 당연하다. 점원이 무뚝뚝하면 기분이 상한다. 하지만 일본에 가서 엘리베이터 안내원을 보면 또 기분이 상하고 함부르크에 도로 가고 싶다. 일본에서는 손님이 마음에 안 들어도 생글생글 웃는 태도가 비난받을 일이긴커녕 상식이다. 일본 점원에게 "그건 연극인가요?" 하고 물어보면 뭐라 대답할까? "아니요, 일이에요"라고 대답할지도 모른다.

벼룩시장
손과 발과 내장의 도시

아일랜드 더블린에서 독일어 워크숍을 했다. 더블린대학에 있는 독일어 선생님이 부탁을 해서다. 내가 쓴 소설 중에 「손님」Ein Gast이란 단편소설이 있는데 거기에 나오는 '벼룩시장 발상'을 가르쳐달라고 했다. 이 '벼룩시장 발상'은 설명이 조금 필요하다.

　「손님」에는 벼룩시장을 지나가던 주인공이 벼룩을 여러 가지로 연상하는 장면이 나온다. 벼룩시장蚤の市은 평소에 잘 쓰는 단어라 누가 들어도 곤충 벼룩을 떠올리지 않는다. 그런데 벼룩蚤과 시장市을 따로 나누어 벼룩을 구체적으로 떠올리면 좀 달라진다. jemandem einen Floh ins Ohr setzen이란 관용어도 생각난다. 직역하면 사람 귀에 벼룩을 넣는다는 뜻인데 사람에게 어떤 아이디어나 희망을 불어넣는다는 말이다. 그 사람은 불어넣은 것이 계속 신경 쓰여 안절부절못한다. 벌레가 몸 안에 들어와 안절부절못하는 느낌은 나도 대충 안다. 일본어에서도 벼룩은 아니지만 벌레蟲는 잠재의식을 뜻하나. 이 벌레는 타인이 귀에 불어넣거나 하진 않

시만 원래 사람 몸 안에 사는 듯하다. 이성이 조종하는 의식
을 무시하고 제멋대로 움직인다. 자기가 있는 장소가 불편
하면 작은 것에도 신경을 곤두세우고 예민해진다. 특별한
이유 없이 좋아하지 않는 상대도 있다. 이 벌레는 무언가를
알릴 때도 있고 배 속에서 진정하지 못할 때도 있다.

　이처럼 합성어나 관용어에 재미있는 이미지가 숨어 있
는데도 우리는 평상시에 그냥 지나친다. 숨어 있는 부분을
굳이 집어내보자는 것이 워크숍의 의도다. 모어를 쓸 때보
다 외국어를 배울 때 그 부분을 알아채기 쉽다. 외국어 단어
는 모어와 다른 분류법으로 머릿속에 저장되기 때문이다.
일본어가 모어인 사람은 '벌레가 사는 데가 불편하다'蟲の居場
所が悪い라는 말과 '기분이 안 좋다'機嫌が悪い라는 말이 같은 서랍
에 들어 있다. 일본어가 모어가 아닌 사람이라면 '벌레蟲가
사는 데가 불편하다'라는 말은 '방울벌레'鈴蟲, '충치'蟲齒, '겁쟁
이'弱蟲란 단어와 같은 서랍에 들어 있다. 모어 관용어는 레
스토랑에서 나온 식사 같은 것이라서 그냥 먹기만 하면 된
다. 외국어 관용어는 말이 만들어진 과정이 생생히 보이기
에 재료가 다 보이는 반찬 같은 것이다. 거기에 추가로 무를
넣을 수도 있고 후추를 뿌릴 수도 있다. 러시아에서 태어나
미국으로 망명한 작가인 블라디미르 나보코프Vladimir Nabokov를
연구하는 사람이 가르쳐줬는데, 나보코프는 영어 관용어 to

cut a long story short^{짧게 말하면}를 조금 바꿔 to cut a long story quite short^{아주 짧게 말하면}로 썼다고 한다. 일본어로 말하자면 '간략하게 정도가 아니라 대폭 간략하게 말하면'^{手短なだけでなく、足短に言えば}이 되겠다(저자가 '간략하게 말하면'(手短に言えば)이란 표현에서 손(手)을 발(足)로 바꾸었다. _옮긴이 주).

이처럼 원어민이 아니라서 완성된 반찬을 그대로 먹을 수 없는 어려움을 유리하게 활용할 수 있다. 언어 바깥에서 언어를 바라보고 거기서 문학적 자극을 받아 즐겁게 음식을 먹자는 것이 워크숍의 의도다.

아일랜드의 독일어 교사, 대학생, 독일어를 공부하는 고등학생과 함께 워크숍을 두 번 했다. 독일어 원어민 강사도 견학만 하지 않고 즐겁게 적극적으로 참여했다. 첫 모임에서는 '벼룩시장'처럼 당연하게 쓰지만 자세히 보면 합성어인 단어, 합성어를 이루는 단어를 따로 분리하면 재미있는 이미지가 떠오르는 단어를 모아보았다. 맨 처음에 학생이 제시한 단어는 게으름뱅이란 뜻의 Faulpelz였다. 직역하면 썩은 모피다. 이 학생은 또 Frühstück^{이른 한술=아침식사}란 단어도 말했다. 그러고는 이야기를 하나 썼다. 주인공은 아침에 일어나면 몸이 썩은 모피처럼 무겁다. 몸을 질질 끌고 가, 입맛도 없어 음식을 하나씩 하나씩^{Stück für Stück} 꾸역꾸역 입에 넣는다. 아침에 놋 일이니는 사람에겐 와닿는 이야기다. 또

고능학교에서 독일어를 가르친다는 한 교사는 동물 이름이 들어간 단어 몇 개를 예로 들었다. Katzentisch고양이+식탁=여럿이 식사할 때 아이들만 따로 앉는 작은 보조식탁, Affentheater원숭이+연극=잔꾀, Hundewetter개+날씨=궂은 날씨. 꽃 이름을 말한 사람도 있었다. 민들레는 Löwenzahn사자이빨, 팬지꽃은 Stiefmütterchen의붓어머니이다. 아름다운 꽃이 가끔 무서운 이빨을 드러낸 듯 보이는 것은 이름 때문일까. 단어를 모으면 목록이 생긴다. 거기서 자기에게 재미있는 단어나 마음을 움직이고 지성을 간지럽히는 단어를 하나든 여러 개든 골라 짧은 문장을 쓴다. Atemzug호흡에서 Atem숨을 떼면 뒤에 Zug기차가 남는다. 어떤 사람은 자기 호흡을 타고 여행을 떠나는 이야기를 썼다.

두 번째 모임에서는 몸 부위의 이름이 들어간 독일 도시 이름을 모아 거기서 하나를 선택해 짧은 문장을 만들었다. 예를 들면 도르트문트Dortmund에는 입Mund이 있고 다름슈타트Darmstadt에는 장Darm이 있다. 그다지 유명하진 않지만 함부르크 북서부 지역에 이체호Itzehoe란 곳도 있다. 어떤 사람은 이곳에 관한 가상 가이드북을 썼다. der Zeh는 발가락을 말한다. 그가 쓴 가상 가이드북에 따르면, 그곳은 열 개 구로 나뉘는데, 강을 끼고 부채꼴로 좌우 다섯 구씩이 있다. 가장 북쪽에 있는 두 구는 크고 가장 남쪽에 있는 두 구는 작고 나머지 여섯 구는 크기가 비슷하다. 각 구의 상점가에 깔린

돌은 새빨갛게 칠해 여름이 되면 눈부시게 빛난다고 한다. 독일에는 자르브뤼켄Saarbrücken, Rücken=등, 마울브론Maulbronn, Maul=입, 포츠담Potsdam, Po=엉덩이, 가르미슈파르텐키르헨Garmisch-Partenkirchen, Arm=팔, 레마겐Remagen, Magen=위 등의 지명도 있다. 도시 안의 구 이름도 포함하면 베를린에는 크로이츠베르크Kreuzberg, Kreuz=허리 부근, 뮌헨에는 하르Haar, 머리카락가 있다는 이야기도 나왔다.

이 놀이로, 말을 의미 전달 도구로 쓰는 습관에서 일시적으로 벗어나 말의 모습 그대로를 만질 수가 있다. 말을 만져보면 말의 몸에 새겨진 문화사를 알 수 있고 말의 마음속에 있는 환상의 도시도 방문할 수 있다. 에도 시대에도 말놀이 문화가 왕성했다. 더 오래전에는 동음이의어 수사법인 가케코토바를 즐기는 전통이 있었다. 문학에서 말'놀이'가 얼마나 중요한지 알 수 있다. 아직 일본에서는 독일이 프로이센 이미지로 어두운 그림자를 드리우는지, 독일어로 말놀이를 하고 싶은 마음이 동하는 사람이 얼마 없는 것 같다. 독일어야말로 말놀이의 언어다.

달
직역은 오역일까

며칠 전 독일에 사는 한 일본 사람이 말했다. "하이쿠 시인 마쓰오 바쇼松尾芭蕉의『오쿠로 가는 작은 길』おくのほそ道(1702) 독일어판을 읽었는데 번역이 좀 이상해요." 전에도 똑같은 말을 한 사람이 있었다. "역시 알쏭달쏭하죠?" 번역 이야기가 나올 때 항상 달라붙는 반응이다. 이런 말들은 일본인이 아니면 일본 고전을 제대로 모른다는 고정관념에서 나온다. 국외에 있는 우수한 일본학자와 만나보면 이 고정관념은 바로 무너진다.

『오쿠로 가는 작은 길』이야기로 돌아오면, 번역이 이상하다고 말한 사람은 맨 처음에 나오는 '나날'月日이 틀렸다고 했다. 내가 읽었을 때는 틀리다고 느낀 기억이 없어 확인을 해봤다. "나날은 영원히 여행하는 나그네와 같고"에서 '나날'이 Sonne und Mond해와 달로 번역되어 있었다. 그 사람 말에 따르면, '나날'은 때를 뜻하는데 '해와 달'로 번역하다니 초보적인 실수라는 것이다. 아마 이것이 일반적 생각일 테다. '모순'을 Widerspruch로 번역하지 않고 Hellebarde und

Schild창과 방패로 번역하거나 '물장사'를 Wasser-Geschaft물-장사로 번역하는 건 오역이라는 것이다.

나는 『오쿠로 가는 작은 길』의 독일어 번역이 아름답다고 생각한다. 중세 사람이라면 '나날'이 비유가 아니라, 해가 실제로 뜨고 지고 달이 실제로 뜨고 지는, 생활 속의 구체적인 모습이었을 것이다. 지금 나처럼 컴퓨터 화면 구석에 뜬 숫자를 보고 아, 오늘이 5월 18일이구나, 하거나 벌써 10시네, 하는 것과 다르리란 이야기다. 물론 지금도 해와 달은 있지만 시간을 알리는 도구는 아니므로 때를 뜻하는 '나날'은 일종의 비유라고 할 수 있다. '나날'을 '해와 달'로 풀이하듯, 오역으로 느낄 정도로 직역을 하는 것은 우리를 말의 원점으로 되돌린다. 또 오랫동안 비유로만 쓰여서 원점에서 멀어진 노쇠한 말을 다시 살려낸다.

『오쿠로 가는 작은 길』이 '나날'로 시작하는 것이 아름답듯이 독일어 번역본이 Sonne und Mond로 시작하는 것도 아름답다. Zeit때는 너무 추상적이다. 나는 '해와 달'에서, 창밖에 뜬 달이 진짜로 밤하늘에 손님처럼 왔다가 돌아가는 그림이 떠오른다. 달을 밤하늘에 온 손님처럼 느낀 적은 이제껏 한 번도 없어서 마음이 두근거린다.

오역을 의심받는 비슷한 예가 또 있다. 『우게쓰 이야기』雨月物語(1776)에서 '우게쓰'雨月를 독일어로 번역하면 Regen-

monat^{비가 내리는 달(month)}이어야 하는데 Regenmond^{비와 달(moon)}로 오
역한 것 같다고 일본학을 전공하는 학생이 말한 적 있다. 나
는 부끄럽지만 '우게쓰'가 도대체 무얼 뜻하는지 제대로 생
각한 적이 없다. 일본어로 음력 5월을 가리키기도 하고 비
오는 날에 뜨는 달을 가리키기도 하니 말이다. 더 부끄럽게
도 비 오는 날에 달이 보이는지 아닌지도 진지하게 생각한
적이 없다. 달빛이 비에 반사되어 빛나는 아름다운 그림이
떠오르지만 이건 내 마음대로 그려본 것이다.

독일어 번역가가 쓴 후기를 읽었더니 이 Regenmond는
'비와 달'이 아니라 음력 5월을 뜻한다고 한다. 글자 그대로
는 '비와 달'이지만 '음력 5월'을 뜻하는 말로 번역한 것이다.
원래 이 단어는 독일어에 없다. 하지만 독일어에서 자주 쓰
는 Regenmonat로 번역하면 우기^{Regenzeit}만 뜻하게 되어서 분
위기가 살아나지 않는다. "이 시기는 우기이므로 여행을 권
하지 않습니다"라고 동남아시아 여행 책자에 써 있는 말만
생각날 뿐이다. Regenmond는 뜻은 정확히 모르지만 왠지
마음을 건드리고 『우게쓰 이야기』의 분위기를 전한다. 그러
므로 일본학을 전공하는 학생이 '오역'이라고 한 이 부분은
성공한 번역이라고 할 수 있다.

번역을 해본 사람이라면 누구나 딱 들어맞는 말이 없어
서 새로운 말을 만든 경험이 있을 것이다. 내가 쓴 시 이야

기라서 민망하지만, 예전에 일본어로 쓴 「달이 도망가다」^月
の逃走라는 시에 "달 같은 불안, 달 같은 우울도 사라지고"라
는 구절이 있다. 번역가 페터 푀르트너^{Peter Pörtner}는 "달 모양
을 한 불안, 달 모양을 한 우울도 사라지고"Die mondgestaltige Angst,
der mondgestaltige Kummer sind weg로 번역했다. '달 모양을 한'이란 뜻의
형용사를 새로 만들었다. 「달이 도망가다」는 달을 비유로
쓰지 마라, 달은 달이다, 그러니 '달 같은'은 안 된다고 말하
는 시로, 달이 자전거를 타고 도망가버린다는 이야기다. 밤
하늘이란 집에 손님으로 왔다가 가는 달의 이미지와도 비
슷하다.

　　독일 작가 루트비히 티크^{Ludwig Tieck}가 쓴 시 「사랑의 기적」
Wunder der Liebe에 "마법의 밤은 달빛을 띠고"란 구절이 있다. 지
나치게 낭만적인데 머리에서 떠나질 않는다. 낭만주의 시
에는 달이 자주 나온다.

　　독일에 막 왔을 때 mondsüchtig란 단어가 재미있었다.
직역하면 '달 중독', 즉 몽유병이다. 달의 유혹에 넘어가 잠
든 채로 밤을 서성이는 사람을 뜻한다고 같은 회사에 다
니던 독일 사람이 가르쳐주었다. 독일에서 뜨는 달은 사
람에게 최면을 거는 걸까. 무서웠다. 마약 중독자를 dro-
gensüchtig라 하고 알코올 중독자를 alkoholsüchtig라 하는데
달 중독도 비슷하게 말하다니 재미있다. 독일어를 일본어

로 풀이한 사전에서는 이 단어를 '달밤에 방황하는 병'月夜彷徨症으로 풀이했다. 독일어-일본어 사전에만 나오는 특이한 단어가 가끔 있는데 거기에는 자유자재로 이미지를 연상시키는 재미있는 말이 많다.

시대에 뒤떨어진 사람을 가리켜 '그 사람은 달 뒤에 산다'Er wohnt hinter dem Mond라고 한다. 아는 사람 중에 철학자가 있는데 지하실에서 책에 처박혀 40년 동안 현대 삶을 모르는 것으로 유명하다. 그 철학자는 2년 전에 친구 집에 가서 "와, 흑백 티브이가 아니라 컬러 티브이라니 놀라운데"라고 말했다고 한다. 이런 사람을 보면 '달 뒤에 사는 사람'月裏人이란 일본어 단어를 만들고 싶다.

끌다
무수한 선이 끌어당기는 세계

한 점 한 점 따라가며 선을 긋는 일은 즐겁다. 어린이 잡지 부록 같은 데서 선을 다 그으면 동화책의 한 장면이 완성될 때가 있다. 거기에 색까지 칠하면 색칠 공부가 된다. 색칠을 하면 선이 둘러쌌던 '면'이 명확히 나타난다.

　한 사람과 길게 사귀어보면 '성격'이 보인다. Charakter-züge특징란 단어가 있는데 나는 '성격 선'으로 번역을 해봤다. 예를 들어 어떤 사람이 화를 잘 낸다고 생각하는 것은 그 사람이 불같이 화내는 걸 두 번째 봤을 때다. 처음 봤을 때와 두 번째 봤을 때 사이에 저 사람 화 잘 내는구나, 하는 선이 그어진다. 하지만 인간은 복잡한 존재라 선이 쉽게 그어지진 않는다. 처음 봤을 땐 스스럼없었는데 두 번째 봤을 때는 아주 차가울 때도 있고 모순이 몇 번 생기면서 선을 여러 개 그을 때도 있다. 우리는 이 '선'들을 많이 그으면 '성격'이란 '면'이 으레 드러난다고 여긴다. 하지만 잘 보면 선은 반딱반짝 빛나다가도 사라지곤 한다. 평평하게 완성된 면이 되지 않는다.

Gesichtszüge^{표정}란 말이 있다. 표정은 얼굴 표면에 나타났다가 사라진다. 표정은 눈에 보이는 것이라기보다는 우리 눈에 보이지 않는 것을 눈으로 읽는 것인지도 모른다. 표정은 새가 비상하듯이 자주 사라져버린다. 우리가 눈으로 봤다고 믿는 상대방 얼굴이 사실은 그 얼굴이 아닐 수도 있다. 눈이 크다든가 코가 낮다든가, 움직이지 않는 부분보다도 움직이는 표정이 '얼굴'을 만든다. 표정은 동적이라서 표정을 읽는 사람의 눈도 동적이어야 한다. 육식동물은 움직이는 것은 잘 보는데 움직이지 않는 것은 잘 안 보인다고 한다. 인간도 얼굴에 '나타난' 것과 '사라진' 것을 보는 눈이 있었으면 한다. Zug^{기차}란 단어에서 내가 떠올린 생각이다.

Zug는 전철도 가리킨다. 철도는 한 도시 한 도시를 선으로 잇는다. 일본어 '전철'^{電車}이나 '열차'^{列車}에는 '선'이란 단어가 없는데 '노선'^{路線}에는 '선'이 있다. 그 선은 도시와 도시를 잇는다.

Zug는 동사 ziehen^{끌다}과 밀접한 관계가 있다. 첫 번째 차량이 나머지 차량을 '끌고' 가니 Zug일 테다. ziehen이란 단어는 일상에서도 굉장히 자주 쓴다. 잠에서 깨 일어나 옷을 입는다^{sich anziehen}. 입을 옷 Anzug에는 작업복 ^{Arberiteranzug}, 운동복 ^{Sportanzug}, 수영복^{Schwimmanzug/Badeanzug}이 있다.

아침을 먹을 때 홍차를 마시는 사람이 많다. 홍차 잎에

서 홍차를 우려내는 것을 ziehen lassen이라고 말한다. 일본어에는 '맛을 뽑아내다'旨味を引き出す라는 표현이 있는데, 홍차를 우려낼 때는 '홍차를 뽑아내다'お茶を引き出す라고 하지 않고 '홍차가 나온다'お茶が出る라고 말한다. 뜨거운 물이 잡아당겨서 홍차가 나오는 건지, 홍차가 저절로 뜨거운 물 안에 나오는 건지는 나도 모른다.

아침식사 이야기를 계속하자면, 일식을 먹는 사람의 식탁에서는 발효한 콩에서 끈끈한 실이 나온다ziehen. 마, 오크라 등 점액질이 나오는 채소가 일본에는 몇 종류 있다. 끈적끈적 점액질이 나오는 채소는 건강에 좋다는 말도 있다.

아직 계좌에 돈이 남았는지 확인하기 위해 은행에서 거래명세서Kontoauszug를 뽑는다. 인출액, 계좌이체 금액, 잔고 등을 인쇄한 종이다. '돈을 인출하다/뽑다'お金を引き出す라고 말하니 일본어에도 '뽑다'引く가 있다.

아이 기르기grossziehen도 일종의 ziehen이다. 예절 교육은 Erziehung라고 말한다. 주거를 옮길 때도 ziehen이란 말이 붙는다. 독일은 열여덟 살이 되면 결혼은 안 해도 독립해서 부모 집Elternhaus을 나간다ausziehen. 이사Umzug도 ziehen인가 싶어서 일본어 단어 '이사'引っ越し를 찾아보니 역시 '끌 인'引 자가 들이 있다. 보통 처음엔 아파트를 빌려 혼자 살거나 친구와 같이 살다가 애인과 사귄다Beziehung. 애인과 헤어지거나 새

애인이 생길 때마다 이사Umzug를 몇 번 더 한다. 어떤 사람은 점점 세상사가 귀찮아져 칩거하기도sich zurückziehen 할 것이다.

밤에 잘 때는 침대에 깔개Bettbezug를 덮고 베갯잇Kissenbezug을 씌운다. 여기에도 Zug가 숨어 있다.

자주 듣는 표현 중에 Es zieht가 있다. 독일은 방이나 전철 안에 찬바람이 들어오면 사람들이 "바람이 들어오네요"Es zieht라고 말하며 굳은 얼굴로 황급히 창문을 닫는다. 찬바람은 건강에 안 좋다. 선풍기를 튼 채로 잠드는 것과 똑같이 체온을 뺏는다. 찬바람을 막는 이유가 또 있다고 어디서 읽은 적이 있다. 나쁜 정령이 집에 들어오면 불행한 일이 일어난다는 미신이 있었다고 한다. 추운 나라에 오래 살다 보면 왜 찬바람을 피하려는지 그 이유를 점점 알게 된다.

ziehen이 가장 매력적인 글자는 아마도 사람의 마음을 '끄는' 매력Anziehungskraft일 것이다. 어떤 사람을 보고 눈도 귀도 끌리고, 무심코 발을 내딛는다. 우리는 늘 보이지 않는 무수한 선이 우리를 끌어당기는 곳에서 움직이며 살고 있다.

글쓰기
글을 꿰매다

'작문'作文이란 일본어는 생각해보면 참 차가운 말이다. 문장을 만들다. '만들다'作る는 재료를 모아서 도구로 잘 조합하고 연결하는 이미지다. 그러나 실제로 글을 쓸 땐 눈에 보이지 않는 것이 피부에서 공중으로 흘러나가고 언어도 살아 있는 생물처럼 움직인다. 체온과 언어의 온도가 같이 높아지고 글 쓰는 사람은 어느덧 자기를 잊어버리고 도취 상태에 빠진다. 이 상태는 장인에게나 어울리는 '만들다'의 어감과 어울리지 않는다. 글쓰기라는 마술을 적합하게 나타내는 단어는 없을까.

Aufsatz란 독일어 단어가 있다. 좀 냉정한 말이다. 학교에서 하는 작문을 가리키기도 하고 학술논문을 가리키기도 한다. 정확히 구분하고 싶을 땐, 작문은 Schulaufsatz, 학술논문은 wissenschaftlicher Aufsatz라고 말한다. 여기서 학술논문은 책 한 권이 될 만한 긴 글이 아니라 논문집에 수록될 만한 짧은 글을 가리킨다.

Satz글는 setzen앉히다이란 동사에서 온 말이다. 동사 setzen

은 마땅한 물건을 마땅한 장소에 두었을 때 물건과 장소가 잘 부합한 느낌, '잘 두었다'라는 느낌이 있는 말이다. 그래서 마땅한 문장을 마땅한 장소에 썼을 때, 옷이 딱 맞았을 때, 배우가 대사를 '맞게' 말했을 때 setzen이라고 말한다.

'기가 막히다'^{Ich war entsetzt}라고 말할 때 쓰는 entsetzen^{놀라다}이란 단어도 있다. ent는 '무언가로부터 떨어지다'라는 뜻이다. 예상치 못한 큰일을 겪으면 너무 놀라서 제자리에 있던 이성, 상식, 정서가 풀어지고 공중에 붕 뜬 상태가 되어 멍해진다. 그래서 ent가 들어간 걸까. 작문을 가리키는 Aufsatz를 동사형으로 바꾸면 aufsetzen이 된다. 그렇지만 '글을 쓰다'라는 뜻은 아니고 '주전자나 냄비를 얹고 불을 켜다', '모자를 쓰다', '안경을 쓰다'라는 뜻으로 일상적으로 사용한다.

냄비를 얹고 불을 켜는 건, 자기 생각을 불을 켜서 데우고 끓이고 바짝 졸이는 일과 비슷하다. 누구나 경험한 일이 있을 것이다. 자기 생각을 너무 졸이면 흐물흐물해져 맛이 안 나기도 한다.

옛날 말이긴 한데 '글 꿰매기'^{綴り方}란 일본어가 있다. '글을 꿰매다'^{綴る}는 말을 이어 문장을 만들어간다는 뜻인데 직물을 연상시키기도 한다. '실 사'^糸가 부수인 '엮을 철'^綴 자는, 왼쪽에는 실을 자았고 오른쪽은 '또 우'^又 자 네 개를 장신구처럼 꾸몄다. 한자 겉모양이 화사한 천 같다.

현대 일본어에서 '글을 꿰매다'는 좁은 의미로 '외국어 철자를 쓰다'라는 뜻이다. 나는 '글을 꿰매다'라는 말의 어감이 '만들다'의 어감보다 좋다.

1999년에는 보스턴 매사추세츠대학의 초청을 받아 입주작가 프로그램으로 보스턴에 네 달간 머물렀다. 독일어를 배우는 학생들이 작문을 했다. 한 학기에 긴 글을 세 번 쓰고, 일주일에 두 번은 수업이 끝나고 느낀 점을 쓴다. 또 예습으로 소설을 읽고 간단한 감상문을 쓴 후 수업 시작 전에 제출하도록 한다. 공과대학이므로 모든 학생이 자연과학, 수학, 기술 등을 전공하지만 교양 과목으로 외국어와 문학도 필수로 배워야 하기에 독일어와 독일문학을 선택했다. 문학 전공이 아니므로 작가가 되고 싶은 사람도 없고 소설도 거의 읽지 않고 일기도 쓰지 않는다. 그래서인지 반대로 '작문'에 흥미가 생겨 매번 쓰기 분량이 느는 학생도 있었다. 수업에서 다룬 책 내용 말고도 그날 애인과 싸운 이야기를 쓰기도 한다. 어떤 학생은 평소에 자기는 글 따위 전혀 안 쓰는데 써보니까 재미있다고 감상을 털어놓았다. 모어로는 편지조차 안 쓰던 사람이 수업 과제 덕에, 자기 기분과 꿈, 개인적인 일을 외국어로 쓰니 기묘하다면 기묘한 일이다. 내가 보기엔 유쾌한 실험이다.

일본에서 독일어를 공부하는 사람에게도 독일어로 일

기 쓰기를 권하고 싶다. 문법이나 철자에서 틀리는 부분이 많이 있을지도 모르지만 우선 무시하고 쓰고 싶은 말을 즐겁게 쓰는 것이다. 재미있는 점은 모어로는 부끄러워서 쓰지 못했던 것을 아무렇지 않게 외국어로 쓸 때가 있다는 점이다. 매일 글쓰기를 하면 글이 이어져서 천을 짠 것처럼 또다른 자기가 나올지도 모른다. 외국어 공부는 새로운 자기를 만드는 일, 미지의 자기를 발견하는 일이다. 나를 비롯해 일본어가 모어인 사람들은 일본어를 통해 세상을 이해하고 사람을 대하는 법을 배웠다. 생각해선 안 되는 일, 입에 내서는 안 되는 말이 금기로 머릿속에 일본어로 설정됐다. 다시 말해 일본어로 글을 쓰면 자동적으로 금기를 건들지 않게 된다. 대신에 외국어로 글을 쓰면 이 금기를 배척하는 기능이 작동하지 않아, 평소에 생각지도 못한 것을 과감하게 쓰기도 하고 잊어버렸던 어린 시절 기억이 갑자기 되살아나기도 한다.

체코에서 온 독일 작가 리브제 모니코바는 생전에 말했다. 데뷔 작품에서 주인공이 폭력을 겪는 부분은 도무지 모어로 쓸 수 없었다고. 독일어로 쓴 것이 곧 자기에게는 문학의 시작이었다고.

정신분석은 모어로 해야 한다고 전문가들은 말한다. 그런데 일부러 외국어로 정신분석을 하는 사람도 있지 않을까. 말하고 싶지 않은 일도 외국어로 말하면 비교적 쉽게 입에서 나오곤 하니 말이다. 이제까지 가장 창피했던 일, 얼마 전에 울었던 일, 자기가 미워하는 사람에 대해 독일어로 글을 써본다면 어떨까.

몸
언어의 몸과 몸의 언어

일본에 몇 년간 산 적 있는 스위스 사람 A가 몸을 뜻하는 일본어 'からだ'가 그립다고 말했다. 몸은 독일어로 Körper인데 일본어의 몸과 Körper는 쓰임새가 전혀 다르다. 일본어로는 자주 "몸조리 잘하세요"おからだに氣をつけて라고 말하지만 그걸 직역해 "Körper 조심하세요"라고 말하면 상대방은 화들짝 놀랄 것이다. Körper는 인간의 정신 활동을 방해하는 성욕이나 식욕이란 어감이 강하다. Körper는 '육체'肉體로 번역하는 것이 적당할 것 같다.

"몸조리 잘하세요"는 요즘 같으면 "건강 조심하세요"健康に氣をつけてください라는 말이다. 독일어로 "Achten Sie auf Ihre Gesundheit!"건강 조심하세요!는 헤어질 때 하는 인사로는 어울리지 않는다. 상대방이 아팠다면 말할 수 있겠으나 아프지 않은 사람한테 말하면, 아마도 상대방은 내 얼굴색이 안 좋나, 근심할 것이다.

'からだ'가라다. 몸는 'カラだ'가라다. 텅 비었다, 즉 몸은 빈 그릇이라고 말하는 사람이 있다. 어느 나라나 몸을 단순히 그릇 정

도로 생각하는 사람들이 있다. 일종의 그릇인 Körper를 잘 단련해 건강해지면 고마운 일이지만, 한낱 그릇인 몸 자체에서는 아무것도 생성되지 않는다고 생각한다. '건강한 신체에 건전한 정신이 깃든다' 같은 경구도 몸을 단순히 집 정도로만 보는 것 같다.

최근에는 Körper만의 가치를 다시 보자는 흐름도 생겼다. 이를테면 나는 오른손잡이인데 단추를 잠글 땐 왼손만 사용한다. 어렸을 때 오른손 뼈가 부러져서 오른손을 못 썼던 적이 있는데 그 몇 달간의 기억Gedächtnis이 거기에 잠재한다. 머리로는 잊어버렸지만 몸이 기억한다. 어쩌면 몸은 자기만의 말로 기억을 말하는지도 모른다.

이런 맥락에서 Körper는 유행어가 됐다. Körper는 짐이 아니라 인간 삶의 중심이라는 것이다. 사실 이런 유행은 고리타분하기도 하다. "머리만으로 살면 안 돼요. 신체, 영혼, 정신이 통일되도록 하세요" 같은 수상한 말이 있지 않은가. 명상 모임이나 신흥종교가 쓸 법한 건강 삼위일체다.

하지만 Körper라는 단어가 명예를 회복한 일은 인간이란 주체의 복수성을 다시 보자는 뜻도 있고, 인간의 복수성은 최근 이십여 년 동안 문학연구에서 중요한 핵심어이기도 했다. 이를테면 학교에 가고 싶다가도 정작 가려고 하면 열이 나는 것이 인간의 복수성이다. 가고 싶은 것도 자기,

가고 싶지 않은 것도 자기다.

나는 언제나 들떠서 사람뿐 아니라 언어에도 몸이 있다고 말한다. 일본어도 글의 몸, 즉 '문체'가 있다. 글은 뜻만 전달하지 않는다. 몸도 있다. 그 몸에는 체온, 자세, 아픔, 습관, 개성이 있다. 나는 Klangkörper현악기 몸통와 Schriftkörper글자체라는 두 단어를 자주 생각한다. 잘 쓰이는 합성어는 아니지만 Klang소리과 Schrift글자는 일반적으로 쓰인다. 거기에 Körper만 덧붙여 완성한 단어다. 언어는 뜻만 전달하지 않고 소리도 있다. 또한 소리가 뜻을 만들기도 한다. 글자도 마찬가지다. 서예에서는 글자 모양이 뜻을 담고 있는데 알파벳을 쓸 때도 글자 모양이 몸 같다는 생각을 지울 수가 없다. 글자는 내가 쓰고 싶은 말을 쓰도록 도와주면서도, 다 쓰고 나면 내게서 문장을 뺏어가 자기 몸인 양한다. 다 쓴 문장은 내게서 독립한다. 한 친구가 예전에 말했다. "쓰고 싶은 말을 문장으로 쓰면 내 기분이 떨어져나가 내 말이 아닌 것 같아. 내가 하려는 말이 그 문장이 아닌 것 같고. 그래서 아무것도 안 쓰고 내 기분만 안에 간직하고 싶어." 그런 사람은 작가만은 하지 말아야 한다. 글쓰기란 자기와 다른 몸을 가진 언어와 맞보는 일이니까.

언어가 가진 몸이 Sprachkörper말하는 몸라면 몸이 말하는 언어는 Körpersprache몸짓 언어다. 이것은 몸짓이나 손짓처럼 신체를 사용한 대화다. 어떤 나라에 여행을 갔는데 그 나라 말을 모를 때 몸짓 대화를 한다. 하지만 몸짓 언어도 문화에 따라 다르다. 내 독일인 친구 B가 일본인 집에 놀러갔을 때 좁고 긴 복도를 지나 화장실에 가려고 했다. 그러다가 화장실을 지나쳐버렸다. 일본인은 손짓으로 친구를 불렀다. 하지만 독일인 친구에게 손바닥을 밑으로 하고 네 손가락을 움직이며 손짓하는 말은 저쪽으로 가라는 뜻이었다. 독일인 친구는 더 저쪽으로 갔다. 일본인은 당황해서 더 빠르게 손짓을 했다. 몸짓 언어가 다른 것이다. 일본에서는 장사가 잘되길 바라는 뜻으로 고양이가 손짓하는 장식품을 가게 앞에 두곤 한다. 독일에서 가게 앞에 이 고양이를 둔다면 돈도 손님도 멀리 가버리지 않을까.

또 집게손가락으로 이마를 톡톡 치는 행위는 어떤 사람이나 공무원의 태도가 도무지 이해가 안 간다는 뜻이다. '저 사람은 (머릿속에) 새를 키우고 있다'Er hat einen Vogel란 관용어를 말하며 이마를 치기도 한다.

이탈리아 사람은 말할 때 몸짓을 잘하고 독일 사람은 몸짓이 적다고 흔히들 말하지만 사람마다 다르다. 또 이야기가 뜨거워지면 오른손을 밖으로 크게 돌리는 사람도 있다. 팔꿈치를 구부리고 있으니 돌리는 원이 아주 크진 않지만, 힘주어 말할 때마다 팔에도 힘이 불끈 들어가, 듣는 사람은 부딪치지 않도록 조심해야 한다. 내가 관찰한 바에 따르면 팔은 안으로 돌리지 않고 반드시 밖으로 돌린다. 함부르크 대학에서 가르쳤을 때 주말에 한 번, 세미나를 비디오카메라로 촬영해 다 같이 봤다. 평소에 자기가 의식하지 못한 몸짓 언어를 보고 학생들이 박장대소한 기억이 난다.

옷
짓밟힌 넥타이

나는 옷은 몸의 겉치장이라 사람의 감정을 나타내지 못한다고 생각한다. 슬플 때 인상을 쓰는 일은 있어도 블라우스에 주름이 생기진 않는다. 얼굴빛이 좋을 때에도 안 닦은 가죽구두에서 광택이 나진 않는다.

하지만 여러 관용어를 접하다 보면 사람의 감정은 옷에도 스며드는 것 같다. 넥타이der Schlips가 들어간 관용어를 예로 들어보자. 관용어 '사람의 넥타이를 밟다'jemandem auf den Schlips treten는 자주 쓰이는 말로, 사람을 모욕한다는 뜻이다. 넥타이 따위는 사람 목에 찰랑찰랑 걸려 있는 천 조각 아니냐고 반문할 사람도 있겠지만 그것이 밟히는 것을 상상해보라. '자존심'이라 부를 만한 무언가가 넥타이라는 천 조각에 스며 있음을 느낄 것이다. 나도 넥타이는 한 번도 맨 적이 없지만 그 말뜻은 알 것 같다.

'밟다'踏む는 일본어에서도 자주 쓰인다. '사람 기분을 짓밟다'人の氣持ちを踏みにじる나 '신발 신고 발을 들여놓듯 남의 일에 함부로 산십히디'土足で人の家に踏み込む 같은 표현에서 찾아볼 수

있다. 다른 사람을 발로 건드리는 것은 역시 해서는 안 될 짓 같다.

넥타이는 서양에서 들어온 물건이라 일본어 관용어에는 없다. 포켓ポケット, 주머니도 없다. 그 대신 '옷 품'懷이란 말은 있다. '옷 품이 따뜻하다'懷が暖かい, 주머니가 넉넉하다라는 말은 더 이상 기모노를 입지 않는 현대에도 사용한다. 서양식 옷은 유행이 자주 바뀌지만 관용어는 길게 남는 것 같다. '마부도 비단옷을 입으면 다르다'馬子にも衣裝, 옷이 날개다란 말이 지금도 쓰이는데, '마부'馬子가 옛날 말인 걸 떠올리면 놀랍다.

모자는 이제 잘 안 쓰지만 옛날 서양에서 모자는 필수였다. 지금도 오스트리아 빈에서 오래된 카페에 가면 남성용 코트와 모자를 맡겨놓은 모습을 볼 수 있다. 모자를 쓴 채 커피를 홀짝이는 여성도 있다.

누군가에게 경의를 표하기 위해 "모자 벗어!"Hut ab!라고 말하기도 한다. 모자는 관용어에서 꽤 쓰인다. '그 사람은 모자가 날아갔다'Ihm ging der Hut hoch는 너무 화가 나 이성을 잃을 정도로 흥분했다는 뜻이다. 상처받기 쉬운 내면이 넥타이에 담겨 있다면 화는 모자에 담겨 있나 보다.

모자는 어떻게 보면 모양이 특이하다. 모자를 확대하면 돔 모양이 되기도 한다. 돔에는 여러 사람이 모인다. 그래서 한 그룹이나 조직 안에 성격이 다른 사람, 시각이 다른 사람, 의견이 다른 사람이 섞였을 때 그들을 조정하는 것을 '모자 밑에 가라앉히다'unter einen Hut bringen라고 말한다.

반대로 모자를 축소하면 Fingerhut가 된다. 금속이나 도자기 재질의 골무를 말하는데, 재봉을 할 때 손가락에 끼워 사용한다. 아기자기한 소품이다. 오스트리아나 독일에 여행 갈 때 기념품으로 사는 사람도 있을 것 같다.

목깃은 정의를 따지는 부분이다. 누군가에게 혹독히 책임을 물을 때 상대방 목깃der Kragen을 쥐어 잡고 흔드는 장면은 영화에도 잘 나온다. '멱살을 쥐다'jemanden beim Kragen nehmen, 따지다라는 관용어도 있다.

일본어에 '목깃을 바로 하고'襟を正して란 말이 있다. 목깃을 바루면 이상하게도 마음가짐을 다잡게 된다. 하여튼 목깃은 무거운 부분이다. 그러니 무책임하게 멍하니 살고 싶다면 목깃이 없는 티셔츠를 입으면 된다. 목깃을 바로 하지 않아도 되고 누가 목덜미를 잡고 책임을 추궁할 염려도 없다.

벨트는 der Gürtel이라고 말한다. '벨트를 꽉 매다'den Gürtel enger schnallen는 욕구를 누르고 절약한다는 뜻이다. 사람 몸을 상하로 나누어 비유적으로 말할 때도 벨트가 쓰인다. 몸 위에는 머리, 얼굴이 있고 머리와 얼굴은 이성과 관계있는 공적 부분이다. 몸 아래는 소화, 배설, 성교와 관계있는 개인적 부분이다. 나는 이렇게 몸을 둘로 나누는 것에 찬성하진 않지만 세상은 그리 나누는 것 같다. 두 나라를 나누는 국경을 '벨트 선'die Gürtellinie이라고 말하니까. 농담이나 험담이 노골적이고 천박해져 성 얘기가 됐을 때 '벨트 선 밑'unter der Gürtellinie까지 갔다고 말한다. 이 관용구는 지나치게 직접적이다. 이상하게 허리, 배꼽, 배보다 벨트라고 말하는 쪽이 더 노골적이다.

일본에는 오비帶라는 것이 있는데 오비는 벨트와 달리 허리를 세게 묶어도 느슨하다. '오비를 느슨하게 하다'帶を緩くする라는 말은 경계심을 늦추고 마음을 놓는다는 뜻이다. 단 오늘날 일본에서는 일반적으로 잘 안 쓰는 말이다.

'소매 밑'袖の下이란 말은 잘 쓴다. 소매 밑에서 나온 것은 어디로 들어가서 어떻게 그리로 나왔는지 알 수가 없다. 약간 수상하다. 정치인은 소매 안에 몰래 현금 다발을 넣곤 하는데 마술사는 반대로 소매에서 비둘기와 토끼가 나온다. 독일어로 '소매를 털어 꺼내다'aus dem Ärmel schütteln라는 말은 무언가를 손쉽게 해치운다는 뜻이다.

마지막으로 바지를 예로 들면, 어떤 일을 실패해서 엉망이 됐을 때 '바지로 들어가다'in die Hose gehen라고 말한다. 이유는 모르겠다. 바지 주머니에 난 구멍으로 돈이 빠져 떨어진 것이 내가 상상해본 그림이다.

독일에 처음 갔을 때 '죽은 바지'tote Hose란 말이 무척 인상

깊었다. 변두리에 갔는데 밤 열 시가 되니 음식점이고 술집이고 다 닫았다. 디스코장이나 영화관은 원래 없었고 사람도 안 보여 따분하다. 그때 "거기는 열 시 넘으면 죽은 바지야"라고 말한다. 왜 바지라고 말하는지 모르겠다. 바지는 원래 살아 있지도 않은데 왜 죽었지?

독일 변두리에 갔는데 밤에 놀 만한 곳이 길에 없다면 꼭 '죽은 바지'라는 말을 떠올려보라.

관능
의미와 감각 사이

'관능'官能이란 일본어는 참 이상하다. '관'官은 경찰관 할 때 '관'이고 '능'能은 능률 할 때 '능'인데 어느 글자도 색色을 뜻하지 않는다. 그런데 두 글자를 합치면 '관능적'이 된다. '관'과 '능'은 어떤 일을 하는 힘, 일을 맡는 힘, 일을 완수하는 힘을 뜻하는 듯하다. 몸의 감각기관이 각자 맡은 역할을 다하는 모습을 상상하면 관능적인 것도 꽤 수고스러운 일이구나 싶다.

독일어 sinnlich란 단어의 뜻을 짚어봤을 때 '관능'과 비슷한 놀라움을 느꼈다. sinnlich 역시 '관능적인'이라는 형용사인데 Sin감각. 의미이란 명사에서 파생했다. 똑같이 Sinn에서 파생한 sinnvoll은 뜻이 전혀 다르다. sinnvoll은 '목적에 맞는', '이성적인', '의의가 있는'이라는 뜻이고 일상에서 자주 쓴다. '내일은 쉬는 날이니까 기차 좌석을 예약하는 편이 좋다', '외국에 여행 갈 땐 건강 보험만으로는 모자라니 여행 보험도 드는 편이 좋다' 같은 말에서 sinnvoll을 의의가 있다는 뜻으로 쓴다. 만약 잘못 말해 기차 좌석을 예약하는

편이 관능적이라고 하면 그 말을 들은 사람은 보통 상상력
으로는 무슨 말인지 모를 것이다.

일본은 '관능적'이란 말이 쓰는 범위가 정해져 있어서
거의 쓰지 않는다고 봐야 한다. 그에 비하면 독일어 sinnlich
는 일상에서 자주 쓰인다. 유감이지만 그래서 Sinnlichkeit관
능이 주는 이미지가 상품화됐다. 여행 광고나 화장품 광고를
보면 수영복을 입은 모델 피부에 바닷물 물기가 남아 햇빛
에 반짝인다. 모델은 목을 뒤로 젖히고 눈을 감고 입술을 살
며시 벌렸다. 바로 이것이 Sinnlichkeit의 이미지다. 매일 회
사에 지친 사람에게 sinnlich한 시간 보내지 않으실래요, 하
고 권하면 그 사람은 바로 응한다. 즉 sinnlich는 자주 육체
적 쾌감을 가리키지만 반드시 성적 쾌감은 아니다. 성적 쾌
감을 암시하면서도 일광욕 같은 피부의 쾌감, 미식 같은 혀
의 쾌감을 가리킬 때가 많다. 성적 쾌감을 암시하면서 일광
욕이나 맛있는 음식을 먹을 때의 기쁨을 나타내는 광고는
일본에 없다. 회를 먹는 혀를 성적으로 찍는다든지, 온천에
들어간 젊고 아름다운 남성이 자기 피부에 황홀한 시선을
던지는 광고 사진은 보이지 않는다. 일본은 목욕하고 식사
하는 데 진한 관능은 덥고 성가시다고 여기는지, 시원함을
강조한 상쾌한 광고가 많다.

sinnvoll의 반대말은 sinnlos다. '소용없다', '쓸데없다'란

뜻이다. 누군가가 직장에 다니지 않고 아무도 알아주지 않는 소설을 계속 쓴다고 하자. 가족이나 친구들은 그 사람에게 그런 거 써봤자 소용없다, sinnlos다, 제대로 일을 하는 게 훨씬 좋다고 충고할 것이다. 하지만 당사자에겐 쓰는 일이 정말로 관능적 기쁨을 주는 sinnlich한 일일 수 있다. 또 어떤 아이가 일도 없고 돈도 없고 성격도 제멋대로지만 성적 매력이 넘치는 날라리를 좋아한다고 하자. 그 아이는 학교를 빠지고 날라리와 둘이서 보내는 시간이 sinnlich할 것이다. 반면 부모님과 선생님은 그런 행위가 sinnvoll하다고 칭찬하지는 못할 것이다. sinnlos보다 더 심한 말은 Unsinn^{바보 같은 말}인데, Unsinn을 더 거칠게 말하면 Blödsinn^{헛소리}일 것이다.

생각해보면 sinnlich한 행위는 세상에서 보통 sinnlos한 행위다. Sinngenuss^{육체의 즐거움}와 Sinnlust^{육체의 쾌락}는 많은 종교에서 sinnlich한 행위이기는커녕 die Sünde^죄다. 지금 사회에서 소시민은 쾌락을 경제생활에 방해가 되지 않는 선에서 적절한 위로로 즐기는 것 같다.

의의가 있는지 없는지를 따지는 것은 지나치게 이치를 따지는 듯 들리지만 의외로 의의를 결정하는 것은 Sinnesorgan^{감각기관}일 때가 많다. sinnerfülltes Leben^{만족스러운 삶}이란 말도 있는데 여기서 Sinn은 감각을 말하는지 의미를 말하는지 나는 심술궂게 묻고 싶다. 의의가 있는 삶은 그 자체로 훌륭하

지만 훌륭한 일을 해도 허무한 느낌에 갇힐 때가 있다. Sinn
이 가득하다고 말할 땐 객관적 기준 말고도 사람의 감각도
고려해야 하지 않을까.

Sinn의미은 상식보다는 자기 Sinn감각으로 알 수 있다고 생
각한다. 그 기본이 감각기관이다. 음식이 맛있다면 음식이
낭비라고 느끼지 않을 것이다. 산에 올라가 절경을 봤다면,
음악을 듣고 마음에 들었다면 아무도 삶에 의미가 없다고
느끼지 않을 것이다. 의미를 찾을 때는 아무것도 맛있게 느
껴지지 않을 때다. 풍족한 소비가 좋다는 말이 아니다. 어떤
유명 음식점에 가도 맛있지 않을 때가 있다. 맛없는 음식을
맛있게 먹는 사람이 이기는 것이다. 물론 맛있다고 느끼기
위해선 문학을 비롯해 많은 공부를 해야 한다. 맛있는지 맛
없는지는 동물적 혀가 정하는 게 아니라, 혀가 느낀 것이 뇌
로 운반돼 뇌 속의 사고, 경험, 기분의 망을 거치면서 정해
지는 것이라고 생각한다. 지금 '동물적'이란 말을 썼는데 이
는 동물 차별이 아니다. 싼 통조림을 주면 맛없는 표정을 짓
는 우리 집 고양이도 같은 음식을 숟가락으로 떠서 주면 그
르릉 소리를 내며 맛있게 먹는다.

문학도 sinnvoll의 언어만 있고 sinnlich의 언어가 없다
면 무미건조하다. 주인공이 왜 친척 집에 갔는지에 대해서
만 설명하는 글은 아무리 줄거리를 알려주고 유의미하다고

해도 말에 쾌락이 없으면 소용이 없다. sinnvoll은 전달이고 sinnlich는 표현이라 말할 수 있을까. 말의 쾌락은 시의 과제지 소설은 필요 없다는 말은 당치도 않다. 소설도 말에 쾌락이 없으면 안 된다.

옮긴이의 말
언어 사이를 여행한 기행문

다와다 요코는 제1언어 일본어와 제2언어 독일어 두 개 언어로 글을 쓰는 작가로 독일문학과 일본문학 어디에도 속하지 않는, 또는 어디에도 속하는 초국적·혼종적 글쓰기를 한다.* 이러한 특성은 독일에서 작가로 등단한 계기에서도 잘 나타난다. 함부르크대학 유학생인 다와다가 틈틈이 일본어로 썼던 시를 1987년에 페터 푀르트너란 번역가가 독일어로 번역해 출판한 것이다. 이 시집 역시 독일어로도 일본어로도 작품을 실었다고 한다.** 다와다는 1982년에 일본을 떠나 독일로 건너갔는데, 처음에는 외국어로 창작을 하리라곤 생각도 하지 못했다. 그런데 독일어와 점점 친해지면서 낯설었던 독일어가 익숙해지고 익숙했던 일본어가 낯설어지는 경험을 했고, 두 언어 사이에서 영감을 얻어 독일어로 글을 쓸 수밖에 없었다고 한다. 특기할 만한 점은 이

● 최윤영(2015), 「다와다 요코의 탈경계적, 탈민족적, 탈문화적 글쓰기」, 『일본비평』12.
●● 松永美穗(2002), 「多和田葉子の文學における進化する「飜譯」」, 『早稻田大學大學院文學硏究科紀要』Ⅱ, 48.

영감이 단순한 아이디어에 그치지 않고 그대로 시, 소설, 희곡 등 작품의 주제가 됐다는 점이다. 즉 독일어라는 형식이 있고 별개의 작품 내용이 있는 것이 아니라 독일어와 일본어를 오가는 작가의 언어 사용이 그대로 작품 내용이 됐다. 예를 들면 다와다는 독일어로 쓴 에세이 『부적』Talisman(1996)에 실린 「고트하르트의 배 속에」Im Bauch des Gotthards라는 글을 다시 일본어 소설 「고트하르트 철도」ゴットハルト鉄道(1996)로 번역·재창작했는데, 여기서 스위스와 이탈리아를 연결하는 '고트하르트'라는 철도 이름은 일본어 의성어로 기차가 달리는 소리인 '곳토곳토'ごっとごっと와 관련이 있다.• 이처럼 말의 뜻이 아니라 소리에서 창작의 영감을 얻는 방법은, 음악 연주와 함께 시를 낭독하는 문학 실천이나 외국인의 독특한 말투를 하나의 표현으로 인정하는 가치관에서도 나타난다.

『여행하는 말들』을 처음 접했을 때 세계 여러 나라의 역사적·문화적·자연적 풍경이 외국어 사용자의 시선으로 그려져 있다는 점에 크게 매혹됐다. 이 책은 다와다 요코란 작가의 에세이기도 하지만 풍부한 사회언어학 교과서이기도 하다. 모어와 외국어, 피진, 크레올, 다언어 사회, 소수 언어 보호 정책, 공용어, 번역 등 사회언어학 교과서에 나올 만한 핵심 개념이 모두 나와 있다. 각국의 역사, 언어와 문학,

---

• 谷口幸代(2007), 「多和田葉子の〈旅〉」, 『名古屋市立大學人間文化研究所年報』2.

자연 경관을 작가의 개인적 일화와 섞어서 사회언어학 개념으로 실타래 풀듯이 이야기하는 이 책은 사회언어학이란 학문을 다채롭고 입체적으로 체험하는 기회를 제공한다.

엑소포니는 외국어로 쓴 문학이나 그러한 문학을 쓰는 작가를 말한다. 자기가 태어나 처음 배운 모어의 경계를 벗어나 익숙하지 않은 외국어로 글을 쓰는 것을 뜻하기에, 탈경계나 상호문화성 측면에서 하나의 대안적 글쓰기로 주목하기도 한다. 과연 다수자와 소수자에게 모어가 갖는 의미가 같을까, 모어조차 박탈당한 사람들에게 모어는 억압이 아니라 해방이 되지 않을까 하는 의문도 든다. 하지만 엑소포니가 모어를 낯설게 느끼는 한 방식이라면 그것은 모어를 재창조하고 풍요롭게 하는 것과 크게 다르지 않을 것이다.

다와다는 한 인터뷰에서 이렇게 말했다. "내가 근본적으로 다루며 작업하는 언어는 모국어이다. 그러면서 나는 하나의 언어 안에 여러 언어들이 깃들어 있음을 느낀다."• 즉 모어와 외국어 사이에 있으면 모어 안에 들어 있는 여러 언어를 더 민감하게 감지할 수 있다는 것이다.

모어뿐 아니라 외국어 또한 익숙해지면 낯섦이 없어지고 그 외국어를 당연시할 수 있는데, 이 책에서 다와다는 독일어 안에 안주하지 않고 독일어와 일본어 사이를, 또 다른

• 다와다 요코+배수아(2017), 「이방인 되기라는 예술」, 『악스트』 10.

외국어들 사이를 계속 왕래한다. 영어가 독일어에 어떤 영향을 끼쳤는지, 어떤 동유럽 작가가 독일어로 엑소포니를 쓰는지, 스위스 독일어는 독일 독일어와 어떻게 다른지, 네덜란드어가 어떻게 중국 한자를 거쳐 일본에 들어왔는지를 탐구한다. 그리고 이 책을 옮기면서 옮긴이는 다른 언어 사이를 부단히 오가는 이 언어 기행의 도착지는 어디일지 상상해봤다. 그곳은 언어가 수렴하는 곳일까, 아니면 해체되는 곳일까. 언어가 가질 수 있는 모든 측면, 즉 언어는 의사소통의 수단일 뿐 아니라 소리이기도 하고 음악이기도 하고 자기와 세계를 이해하는 매개체임을 이 책은 알려준다.

끝으로 이 책이 나오기까지 여러 도움을 주신 고마운 분들께 인사를 드리고 싶다. 문학 독자이자 사회학 연구자로 흥미롭게 읽었던 이 책을 한국에 소개할 기회를 주신 돌베개출판사 관계자 분들께 깊이 감사하다. 한국에서 20대를 함께 보낸 절친한 친구 최다래와 임여진, 일본 유학 시절 많은 공부를 가르쳐준 연구자 이행리, 어디에 있든 늘 보살펴주는 가족들, 모어가 다르지만 삶의 나날을 함께 만드는 동반자 마스다 나오에게도 많이 감사하다.

2018년 8월 도쿄에서

유라주